シフォン文庫

蜂蜜姫と狼公爵の甘い晩餐

しらせはる

集英社

蜂蜜姫と狼公爵の甘い晩餐

目次

イラスト／ユカ

バート
アルバート・バーソロミュー公爵、通称・狼公爵。狼の呪いにかかっていて時々狼に…!?
ミュリエル
オーク王の第三王女。できのいい双子の姉・ベリンダの代わりに狼公爵のもとに嫁ぐことになったのだが…!?
蜂蜜姫と狼公爵の甘い晩餐
人物紹介

蜂蜜姫と
狼公爵の甘い晩餐

Apéritif（食前酒） 戸惑い入り蜂蜜姫の唇

フロランシアは、王家の恥だった。

オーク王がたくさんの女に見境なく手をつけて生ませた娘のなかでも、いちばんみっともなくて、ばかだと笑われていた。

城ではなくて森のなかで寝起きして、髪はもつれ、ドレスはぼろぼろ。

ひとに指されてからかわれても、いつもにこにこ笑っていた。

ひとの言葉がよくわからないから。

動物のほうがいい。目を見れば言いたいことがわかるから。

虫のほうがいい。むつかしいことを思わずに生きているから。


「バートさま。ベリンダ王女殿下の肖像画が届いております」

「御苦労、そこに置け」

バーソロミュー公爵邸の執事は無関心を装う主を刺激しないよう、そうっと、肖像画を執務机からよく見える壁際に運びこませた。絵全体を覆《おお》った布をそのままにして、

「失礼いたします。では、ごゆっくり」

召使二人を追いたて、ささっと出ていく。

バートはしばらく頬杖《ほおづえ》をついたまま、見えない絵を横目で睨《にら》んでいた。

アルバート・バーソロミュー公爵——バートは、見目涼やかな青年だ。

さらりと頬杖からこぼれる髪は灰色がかった黒色で、毛先がわずかに丸まっている。眉毛《まゆげ》が凛々《りり》しく、顔だちの彫りも深くて野性味を感じさせるのだが、まだ夢見がちな少年のような印象を与えるのは長い睫毛《まつげ》に縁どられた、深緑色の目のせいか。

年齢は二十二歳。二十歳のときに急な病《やまい》でたて続けに両親を亡くしたあと、広大な森の領地とバーソロミュー公爵位を受け継いだ。

ついでに、先祖からの誓約も。

——バーソロミュー公爵は、百年に一人オーク王の王女をめとること。

バートの曽祖父以来の順番だが、万が一王がこの誓約を守らなかったらバートは命さえ失くすところだ。こうして王女の肖像画が届いたことで、ひとまず心配は去ったわけだが、次なる心配は、

（不細工《ぶさいく》だったらどうしよう）

貴族として政略結婚は当然のことと受けとめられるが、若い男としてはなるたけ美人をめとりたい。百年前の王に王女が生まれなかったため、曽祖母は王家ゆかりの女性に過ぎなかったが、美しいひとだった。バートの相手は正真正銘《しょうしんしょうめい》の王女なのだが、果たして……。

さらにもう一つ、こちらは相反する悩みとして、

(理性を失くすくらいに好みであっても、まずいな)

普通のひとには理解できない条件だろうが――バートにとっては深刻だ。

なにしろ――……王女をめとることがバートの身にかかった呪《のろ》いを解く条件とはいえ、結婚前に相手の王女の前でうっかり呪《のろ》われた身をさらしたら、普通の神経の女性なら怯《おび》えて逃げてしまうだろうから。

(しかし、覆いだけをいくら眺めたところで答えが出るはずもなし)

はやくしなければ日が暮れてしまうし……などと、ばりばりと頭を掻《か》いてみたりもして。

「……」

椅子《いす》から立ちあがる。まっすぐ絵に向かい、覆い布に手をかけ――一息に剝《は》ぎとった。

現れた少女の姿に、目をみはる。

真昼でも薄暗い城のなかのこと。肖像を浮かびあがらせる光は淡かったが、描かれている王女の姿そのものが輝いていた。

オーク王の第二王女、ベリンダ・エミリア・クローディア姫……。

きれいな娘だ。

ほっそりした首をぴんと伸ばして、肖像画家にまっすぐ向きあっている。

卵型の輪郭《りんかく》にこれ以上ないくらい完璧《かんぺき》に配置された目鼻立ち。髪は濃い金髪だろうか。瞳の色は淡く青く、唇をきっと結んでおり、うかつに近づいたら嚙《か》みつかれそうだ。

バート自身の好みはもっと、優しそうでたおやかな娘だけれど……。

（気に入った）

というよりも、ほっとした。適度に好ましく、適度に愛せそうな娘。理想的だ。

これくらい意志が強そうなほうが、狼公爵の花嫁としてはいい。

このひとならきっと獣に怖気《おじけ》づいたりせずに、バートといい関係を築く努力をしてくれるだろう……。

（彼女が俺の花嫁だ。俺の……オ、レ、ノ）

バートの深緑色の目の奥に、金の光が宿る。風もないのに黒灰色の髪がざわりと揺れ、両脇に下ろしていた手の拳が節くれだった。

……待ち遠しい。ハナヨメ……はやく、食、イ、タ、イ……。

目の金色がいよいよ濃く変わり、ぎらぎら輝きだす。めくれた唇で舌舐《したな》めずりをした。

室内にぬるい風が吹いたとき――執事が不自然なほど明るく勢いよく駆け戻ってきて、

「――失礼いたします！　バートさま、肖像画はお気に召しましたでしょうか！」

はっと我に返った。バートの瞳から不自然な光が消える。髪がさら、と頬にかかる。手もしなやかさを取り戻していたが――一瞬のあいだ、我を失っていた……そのことが恐ろしい。

（またやってしまったのか――？）

また自分は、あれに変わりかけてしまったのか？　もうじき誓約の花嫁を迎えられるという、大事なときに。バートは片手で顔を覆い、うめいた。そして指のあいだからベリンダ王女の肖像画を見つめ、すがる気持ちで祈った。

（はやく、私のもとへ来ておくれ、ベリンダ王女。そして私を救っておくれ。その代わりに私はあなたを、生涯《しょうがい》かけて大切にするから――……）


そのころオーク王は、戦《いくさ》にてこずっていた。

暗黒の森を通り抜けられたら敵に大打撃を与えられるのだけれど、森の獣を率いる銀狼はなわばりを荒らすものを容赦《ようしゃ》しない。

あれは獣とはいえかしこい。

なんとか手なずけて、味方にできないものだろうか？

たとえば王女の一人をさしだせば、我々に与《くみ》してくれるのではないか？


（わたしはベリンダじゃないのよ――！）

深い森をひた走る馬車のなか、窓枠《まどわく》にしがみついたミュリエルは心の叫びをあげていた。

馬車を守るように囲む兵、御者も、お付きのものも知らないひとばかりで、助けを求めようにも人見知りなのでだれに話しかけていいのかわからない。

館を出て馬車に乗りこむときから、みんなもうミ、ミ、ミュリエルのことをベ、ベ、ベリンダだと思いこんでいた。いつも可愛《かわい》がってくれる村のひとたちでさえ、

――あれがベリンダさまか。子供っぽいミュリエルと違って、なんて上品なんだべ。

──人ぎらいの狼公爵さまも、きっとあのかたなら喜んで迎えるべ、なあ。

（違うのに──！）

これまた強く否定できなかったのは、王女らしい王女を間近に見て喜んでいるひとたちをがっかりさせるのが申しわけなかったからで……ミュリエルは、お人よしでもあるのだった。

（だってわたしとベリンダは、双子だけれどぜんぜん違うんだもの。ベリンダはきれいで頭もいいけれど、わたしはできそこないでみそっかすのミュリエル・ローズマリー・マリーベルなのっ）

顔だけは姉とそっくりなのが悲劇のはじまりだ。

悲劇というか──ミュリエルの格好をして、すまして馬車を見送ってくれた姉のベリンダは、この状況を望んだのだろうけれど。

双子の妹のミュリエルが、姉の代わりに、泣くほどいやな嫁《とつ》ぎ先へ向かってくれることを。

その相手の名は、アルバート・バーソロミュー公爵。

狼に呪われているという、深い森の領主だ。

──バーソロミューの森には、狼がいる。

言い伝えでもなんでもなく事実として、ハニーポット・ヴィルを囲む広大な森には狼の群れが多いのだが、この言い回しにはもう一つ裏の意味があり、それは、

──バーソロミューの森を統《す》べる公爵は、代々狼に呪われている。

というものだ。

大昔に当主が森の長《おさ》たる銀狼を殺したからだとか、または公爵そのものが銀狼の子孫だからだとか……理由は諸説入り乱れているものの、確かなのは、代々のバーソロミュー公爵がひと目を避けて暮らしてきたということ。

それでいて主君のオーク王とは百年に一人、王女を花嫁に貰《もら》い受けるという誓約を交わしているということだった。

百年前は王家に王女が生まれなかったので、近い血縁の娘を代わりにめあわせたそうだが、いまのオーク王には四人も娘がいる。今度こそ誓約を違《たが》えないでほしいという公爵からの強い要望もあり、王は次女のベリンダをさしだすことに決めたそうだ。

長女はすでに嫁いでいるし、四女はまだ幼く、三女はできそこないだから。

すでに互いの肖像画の交換もすませ、あとは当人同士が顔を合わせて結婚式を待つばかりの状況。

たったいま、このときもバーソロミュー公爵は美しいベリンダ王女の到着を待ちわびている……というのに。

(だからわたしはベリンダじゃないんだったら)

ミュリエルは、できそこないの三女である。花嫁に選ばれないどころか、宮廷暮らしからも脱落して久しいみそっかす姫だ。せっかくベリンダと双子に生まれついたというのに、姉のような華はなくて性格も地味で、内気で泣き虫で弱虫で。

しかも、体質に重大な欠点を抱えていて……。

自分で自分がいやになるあまり病気になってしまってハニーポット・ヴィルという田舎《いなか》で静養を続けてきたミュリエルに、公爵夫人なんかつとまるはずないのに……。

（朝は晴れていたのにな……）

梢《こずえ》のあいだに垣間《かいま》見《み》える空は、泣きだしそうな灰色だ。自分の心そのものみたいな雲ゆきを眺めながら、ミュリエルは、村に残してきた友だちや、姉本人のことを考えた。

朝は、ほんとうに清々《すがすが》しかったのに。

ハニーポット・ヴィルのまわりに広がるれんげ畑一面に露がおりていて、ミュリエルは友だちのコリンと追いかけっこをしていて――。

コリンは、蜜蜂の巣箱管理人の息子で、ミュリエルとは同じ年。三年前ハニーポット・ヴィルで静養をはじめて以来の仲良しだ。

『待ってよ、ミュリエル……きみ、足が速すぎるよ！』

『競争だもの、コリン、先に巣を見つけたほうが蜂蜜をなめてもいいのよ！』

村ごとに囲っているれんげ、ラベンダー、ライラックの花々。村で世話している巣箱の蜜は一種類の畑の花から集められるので雑味がないが、たまに勇敢《ゆうかん》な女王蜂が現れたりして、村とは離れた森のなかに巣をつくったりする。

そんな巣の蜜は商品にはできないから、子供たちが競って見つけて、おやつのパンケーキにかけたり、お茶に入れたりするのだ。

『こっちよ、ほら……あそこ』

ミュリエルが急に立ちどまると、ハニーブロンドから、ふわり、と立ちのぼる蜂蜜の匂《にお》い。

走って、体が火照《ほて》ったせいだ……コリンがほんのり頬を染めて顔をそらしたことに気づかないまま、

『見て、あの倒れた木のうしろ』

追いかけてきた蜜蜂が、倒木の上でふかふかの背を丸めている。その周りにも金色の蜂たちが飛びかい、朽《く》ちた木のうろは黄金色で満たされていた。

『ね、あれは巣があるのよね。今度はわたしの勝ちでしょ？』

『その通り、僕の負け。カップ一杯の蜂蜜はミュリエルのものだよ』

コリンが両手をあげて降参したのでミュリエルは嬉しくなったが、いつもは、彼のほうが巣を見つけるのがうまい。

はじめて会ったときからどんどん差がついていく背丈を見あげ、小首を傾《かし》げてみせて、

『今度だけは、でしょ？　コリンは毎年、夏になるとだれも知らない場所から大きなはぐれ巣をとってくるんだもの。わたしたち、仲良しなんだから今年こそその巣を見せに連れていってね』

『だめだよ、あそこは危ないんだもの。森のずっとずっと奥のほうで、そこは狼公爵の領域のなかで――……』

呪われた公爵の名を聞いて、子供っぽく怯《おび》えた気持ちになったときだった。困ったみたいに

ミュリエルを見おろしていたコリンが振りかえり、耳を澄ませて、
『しまった、父さんが探しにきちゃった。ミュリエル、実は今日きみにお客さんが来るってい
う知らせがあってさ――』
はぐれ巣を見つけるというミュリエルとの約束を先にまわしたら、すっかり忘れていたとい
う。
それが、ずっと会っていなかった姉の訪問の知らせだった。

(それでハニーポット・ヴィルに急いで戻って、ベリンダに会えて嬉しくて、それから)
馬車が徐々に速度を落とし、きゅっと音を立てて停止した。思いが途切れたミュリエルは、
はっとしてあたりを見まわす。
森に刺さった巨大な石棺《せっかん》みたいな、古城。
先頭の使者が到着を告げるラッパを鳴らしたので、もう真っ青になって馬車のなかに顔を引
っこめた。繻子織《しゅすおり》の肩かけを頭からかぶって、がたがた震える。
(ぼんやり悩んでいるあいだに着いてしまったんだわ、狼公爵さまのお住まいに！　無理よ、
ただでさえ初対面のひとに会うのは苦手なのに……それが呪われている恐ろしいかたで、しか
もベリンダの振りをしてだなんて、どうしたらいいの)
自分を憐《あわ》れむのに夢中で、扉が開いたのに気づかなかった。濃く、湿った森の空気が流れ込
んできたことにも。大きくあたたかい手が赤子を抱くみたいなたやすさでミュリエルを馬車の

なかからすくい出し、緊張に縮こまった体を高くさしあげるまで——……。

「無理なの、む…………え？」

「無理ではないよ、可愛いひと」

艶《つや》のある甘い声。低くてよく響いて、とても……優しい。

「あなたは羽根のように軽いんだね」

深い森を映しだした湖——……そんな色あいの瞳に、吸いこまれそうになる。

野性味を残しつつも品のよい顔立ち。目元も鼻筋の彫りも深くて、見ているだけで頬を染めてしまいそうな、色香のある雰囲気《ふんいき》。

とても背が高くて、腕も肩もたくましい。

初対面のひとなのに……しかも男性なのに。そのひとが放つ魅惑にすっかり取りこまれてしまいそう。ぼうっとしているミュリエルに、その若者は少しばかり慎重に訊ねた。

「あなたが、王女だね？」

頷く……それは間違いないから。すると若者はにっこり笑って、

「まさしく……そのお顔だち、肖像画のとおりだ」

肖像画？　小首を傾げたミュリエルをゆっくりと抱きおろして、顔を近づける。黒灰色の前髪と、ハニーブロンドが重なり、混ざりあった。そのひとはまじまじとミュリエルを見つめながら、苦しそうに息をつき、

「いや……肖像画以上だ。どうしたらいいんだ？　こんなに、心乱されるとは」

「あ、あの……お熱が、あるのでは……」

　髪を通して伝わってくる火照《ほて》りが心配になったのだが、相手はゆるく首を横に振り、すん、と鼻を鳴らした。

「熱はない。けれど、あなたから溶けそうに、おいしそうな匂いがするよ……ハ、チ、ミ、ツ、ノ、ヒ、メ」

　喉《のど》から絞《しぼ》りだすような声。

「あ」

　ミュリエルはかっと頬を赤くした。

　逃げかけた顔を追ってきた男性の唇が、ミュリエルのそれと触れあう。

　どちらの熱？　わからないくらいに二人とも火照りきった粘膜がくっついた瞬間に痺《しび》れを生み、離れられなくなった。はじめての感覚にミュリエルはくらくらする。

（や……これ……なに？）

　足もとがふらつく。若者はミュリエルの腰を片手で抱き支えて、覆《おお》いかぶさるように重なりを深くした。

「ん……あ、ん……っ」

　ミュリエルは爪先《つまさき》だっても、背丈がそのひとの胸までしかない。

　そんな小柄な自分がすっぽり覆い隠されてしまったので、口づけを見守っているひとたちがたくさんいても――兵とか、召使たちとか――気にならなかった。

戸惑いの声さえ、はじめて会う相手の唇に呑《の》みこまれてしまう。

（……舌、が）

ちろちろ、と唇の裏をくすぐる。ぼうっとするくらいの強引さ。歯列をさらっと舐《な》め、ひとつずつくすぐる動きは繊細《せんさい》そのもの。口のなかがこんなにも敏感になるだなんて……。

「ふ……んぁ、……んく……」

ミュリエルはもっと、と、ねだるように唇を開け、吐息をこぼした。苦しげにうめいた男性の舌が、歯列からなかへと入りこむ。ミュリエルの舌が彼のそれに触れ、怯《おび》えたように奥へ引っこんだ。それを追って、さらに奥へと。

「……あ……あん」

口腔《こうこう》のひだをざらりと舐められても、まだ足りないと思ってしまう。

（これはなに？　このひとはだれ？）

着ているものの質はよく、織《お》りも染めも上等の上着の下に絹のシャツを着ていた。胸板がたくましすぎて、ボタンが窮屈《きゅうくつ》そう。ミュリエルは無意識に相手の服に手を這《は》わせたが、襟《えり》のあわせに触れたとたん、ぴりっと痺《しび》れるような衝撃を覚えた。

（痛っ……）

身体《からだ》がすくんだせいで相手に伝わってしまい、唇同士が離れた。おかげでミュリエルは我に返り……自分のしたことに戸惑ったまま、そのひとを見つめてしまう。

若者のほうも、信じられないというように目をみはって腕のなかのミュリエルを見おろして

いた。まだ、顔は近い。

「あ……いま、私は……」

仰向《あおむ》いてその目を見返したミュリエルは、不思議な気持ちで首を傾《かし》げた。

(目の色が……)

金色？　光の加減だろうか。深緑一色だった瞳に荒々しいぎらつきが浮かんでいたが、蠟燭《ろうそく》の炎が消えるようにすっとなくなってしまい……若者は、気まずそうに体を離した。

「申しわけなかった。取り乱してしまったようで、その……手に、怪我《けが》を？」

ミュリエルはさすっていた手のひらを広げてみせた。

「いいえ――平気です」

ピンかなにかに触ったのだろうが、痛みはもうないし、あともついていない。

若者がミュリエルの手に、手のひらを重ねた。そっと持ちあげ、指に口をつける。

びくん、とミュリエルは震えた。そのまま、また肌のどこかに唇で触れられる予感におののくが……若者は真摯《しんし》な眼差《まなざ》しで、

「よくいらしてくださった――甘い、蜂蜜の匂いがする王女殿下。あなたは道中で蜂蜜のお菓子をたくさんほおばってきたのかな？」

ミュリエルは指先まで真っ赤になった。そうするとまた、体から甘い匂いが立ちのぼってしまうわけだが、

「違います、わたし……っ」

「うん？」

優しく見ないでほしい。そんなふうに見つめられると恥ずかしくて……内気が、よみがえってしまうから。

（……蜂蜜の香りがするのは、体質なんです）

家族以外はみんな信じてくれないことだが、そうとしか説明できない。

普段はハニーブロンドがほんのり香るだけだが、泣いたり真っ赤になったり汗をかいたりするとてきめんに匂ってしまうのだ――甘くて濃厚な、蜂蜜の香りが。

おまけに人見知りなので、慣れないひとと会うときは必ず緊張する。すると香りが漂い、相手はいぶかしそうにくんくんと鼻を鳴らして匂いのもとを嗅《か》ぎまわるので……ひとと会うことが多い宮廷暮らしではいたたまれず、気鬱の病にかかってしまったわけだ。

（ハニーポット・ヴィルではだれも気づかなかったのに）

内気が極まって人前に出られなくなった王女を心配し、母が勧めてくれた静養先がハニーポット・ヴィル……オーク王国一の蜂蜜の名産地だ。

なにしろ村じゅう蜜蜂に関わる生業《なりわい》をしているのでみんな甘い香りが体に沁《し》みついており、ミュリエルの香りなんて気に留めるひとさえいない。しかもみんなひとがよくて、ミュリエルがわけありの王女だと知っていても、知らんぷりして親切に接してくれた。

おかげで病気はなおったし、大切な友だちも見つかったのだ。ひょろりと背が高くてどんぐりそっくりの目をした、コリン。

（……わたしがいなくなって、心配しているかしら）

それともベリンダをミュリエルだと思いこんで、遊びに誘っている？

仲良しの少年との思い出にとらわれかけたが——いま、ミュリエルの手を取っているのは別のひと。

唐突《とうとつ》にはじめての口づけを奪った、この若者はだれだろう？

ミュリエルはベリンダの身代わりとして——公爵がベリンダに贈った衣装を着て、この場にやってきている。

そんな少女に『あなたは王女か？』と問いかけ、口づけてくる男性なんて……。

ミュリエルはおののいて相手を見つめた。

体は大きいけれど、とても素敵な顔だち——黒髪は風で洗ったみたいに濃すぎない色あいで、深緑の目元をさらりと覆う。淡く笑みを刷《は》いた唇も、大人らしく頼もしかった。

まさか、このかたが？　どうして、

「狼公爵さま、ですの……？」

呪われているなんて、だれが言いだしたの……？

ミュリエルの呼びかけに、男性は苦笑した。

「その名で呼ばれると、どう返事をしたらいいものか迷うな——いかにも、狼公爵は代々のバーソロミュー公爵のあだ名だが、私自身の名はアルバート。バートと呼んでいただけたら嬉しい」

「かしこまりました、バートさま……失礼を申しまして、すみません」

高貴なひとをあだ名で呼ぶなんて無礼だった。しゅんとしてミュリエルが謝ると、彼——……狼公爵、バートはますます苦笑を深めて、

「そう緊張なさらなくとも、あなたのほうが高貴な身分なのだから、私に気を遣うことなどないのだよ。優しいのだね、ベリンダ・エミリア・クローディア王女殿下は」

嬉しげに名をささやかれたとたん——ミュリエルの顔から血の気が引いた。

（そうだったわ。アルバート・バーソロミュー公爵——バートさまは、ベリンダを待っていたのよ！）

ミュリエルなんか、お呼びであるはずもない。

なのに……口づけをしてしまった。どう考えても、待ちわびた婚約者にだからこそ与えられた行為。なのに、そうとも知らずミュリエルは受けとめてしまって……。

（恥ずかしい）

はじめての口づけを奪われた気まずさの何倍も……真実を知られたら、バートにがっかりされてしまうだろうことが、怖くなる。

（どうしよう）

耳まで赤くなり、生来の人見知りがよみがえってくる。言わなくてはならないことがたくさんあるのに、言葉が出てきてくれない。

（ベリンダはここに来られません、代わりに来たのは双子だけれど、できそこないの妹王女の

ほうです。あなたが口づけをしたのは間違いだったんです、なんて……申しあげたら、このかたをがっかりさせてしまうわ）

「どうなさった、ベリンダ。先ほどから青くなったり赤くなったりと……緊張しているのだろうか？」

指が冷たくなったらしく、バートはミュリエルの両手に息を吹きかけた。優しいひと。温かさがつたわるぶん、戸惑いは大きくなるばかり。緊張からくる鼓動の強さで、なにも聞こえなくなりそう。

その強い脈は、バートにも伝わったようで、

「不安なのだね、無理もない……華やかな王宮からこのような森の奥へと嫁《とつ》ぐのでは、戸惑いも大きいだろう。それにこの夫も洗練された宮廷作法《さほう》など知らない不調法《ぶちようほう》ものだ。せめても、初対面のときくらいは余裕のある振りであなたを包みこもうというつもりだったが――どうやら、無理なようなんだ」

露に濡れた花のつぼみのようなミュリエルの手を、彼の左胸に引き寄せた。

（あ……）

とく、とく、とく……伝わる鼓動。ミュリエルの胸と同じくらいに、彼の鼓動も強い。

顔をあげた王女に、バートは照れた笑みを返し、

「待ちかねた王女があなたのようなひとであったことに、この胸は躍り、心の臓の打つ音は乱れっぱなしだ。夫婦として触れあうことは婚儀まで耐えなければならないけれど、せめて」

大きな背を屈め、間近でミュリエルを見つめる。

「キスをしても？」

いま、したばかりなのに――はじめては、強引に奪ったのに。

「あなたの唇を味わわせてほしいんだ、可愛《かわい》いひと」

問わないでほしい……切なげに囁《ささや》いたりしないで。

深い色あいの目で、見つめたりしないで。

狼公爵は呪われていないし、野卑《やひ》でもなく、ひと目会っただけで心を奪ってしまうくらいに魅力的なひと。そしてとても素敵なキスをする……呪いではなくて魔法みたいなキスを。

ミュリエルだってもう一度、あのうっとりする心地を味わいたい……けれど。

（だめなの）

このかたが口づけをしたい相手はベリンダ。ミュリエルとキスを重ねれば重ねるほど、あとの傷が深くなってしまう。

ミュリエルは勇気を振りしぼって……バートの胸を押した。

「……ベリンダ？」

両手をいっぱいに伸ばして、うつむき、声を振りしぼる。

「できません」

バートの体から熱が引いた。離れていても感じたほどの鼓動がしんと静かになる。

怒らせた？　がっかりさせた？　だけど――言わなきゃ！

ミュリエルは下を向いたまま言いつのった。

「できません──ごめんなさい。わたし、もうあなたとキスはできないの。結婚も、してさしあげられなくて……きゃっ！」

腕がねじりあげられた。ミュリエルの体がなかば宙に浮く。

「い……ぁ……バートさま」

ぎりぎりと手首に食いこむ男の指。痛みに息が詰まった。

「なるほど──勇気を揮《ふる》ってここまで来ることは来たが、やはりけだものの夫には嫁《とつ》ぎたくないか」

「そんなこと……けだものなんて思っていません。ただ、わたしは……」

あれほど穏やかで、愛情に満ちていたバートの表情が冷たく強《こわ》ばっている。奥歯が軋《きし》る音さえ聞こえてきそうだ。

もし、ここでミュリエルだと告白したら？　ベリンダが彼との結婚をきらい、ここに来ないのだと教えたら……もっと傷つけてしまう。

それは、あまりに申しわけなくて、

「……許してください」

言葉足らずに謝ると、バートはせせら笑った。

「許しを求めたら解放されると思うのか？　残念だが──オーク王女との百年に一度の結婚は、祖先が定めた契約だ。あなたがどれほど私をきらったところで、結婚をやめるつもりはない」

きっぱりと宣言したあと、不安そうに声を低くする。

「……それでもだめなのか。私と、口づけなどしたくない？」

したくないのではなく、できない——ミュリエルはこくん、と頷《うなず》く。

「夫となるものからの愛を失っても？　その豪奢《ごうしゃ》な衣装を剝《は》ぎとって、奴隷《どれい》におとしめてやると脅《おど》しても、したくないのか」

ミュリエルは震えつつ頷き、言った。

「お好きなようになさってください。それで、あなたの気がすむのでしたら……」

言葉だけで許されないのなら、公爵の気がすむように扱ってもらい、彼を傷つけたこと、迷惑をかけていることへの謝罪に代えよう。

そのほうが、なにもできないよりは、

（まし、よね）

ほんの少しだけ、気が楽になった。

「っ……」

ほっとしたミュリエルの愛らしい笑みに、バートが目をみはる。急に突き離され、ミュリエルは足がもつれて転びそうになった。

バートはそんな王女に背を向け、なりゆきを見守っていた面々……王女を送ってきたオーク王の親衛隊、バーソロミュー家に仕える執事、召使たちに怒鳴り散らす。

「役立たずの兵どもは即刻立ち去れ、オーク王に、王女は確かに受けとったとお伝えしろ！

召使、ベリンダの衣装を剝いで粗末な服を着せてやれ！　歓迎の宴《うたげ》も中止だ！　もういっそ、なにもかも――呪われてしまうがいい！」
公爵の願いは天まで届いたのか、どうか……晴天にわかにかき曇り、雨が落ちはじめた。

久しぶりに父親と会えて、フロランシアはうれしかった。
父親もいつもより機嫌がよくて優しかったせいか、言っていることがよくわかった。
「お風呂に入って、着替えなさい。それから暗黒の森へ行くように。
森の奥深くにある楡《にれ》の木の切り株で、銀の狼を待ちなさい。
彼に会ったらこう言いなさい。
『わたしはオーク王の王女。あなたに嫁ぐように命じられました』と。
かしこい銀狼にはそれで伝わるだろう。
拒《こば》まれたなら、そこで食い殺されてしまえ」

Les entrée（前菜）✦ もの言わぬ狼公爵の欲棒に蜜をからめて

姉の言葉を思いだす——久しぶりに会えた姉。ハニーポット・ヴィルの領主館を訪ねてきたベリンダは、まるで肖像画から抜けだしてきたような見事な衣装をまとっていた。金糸銀糸が織《お》りこまれたドレスに、金襴《きんらん》の帯、テンの毛皮の襟《えり》。

『久しぶりね。元気そうだわ』

——お父様お母様のおかげよ。ここに来てから、すっかり生き返ったようなの。

『ふうん、そう。こんな田舎《いなか》、あたしなら十日で飽きてしまいそうだけれど』

——れんげ畑はきれいだし、みんなは優しいし、蜂蜜もおいしいからベリンダだってきっと住みたくなるわ。それにしても、どうして急に会いにきてくれたの？　お父様のお使い？

『お使い……そうね。そうだわ』

鏡に映したような空色の目がみるみる潤み、姉がわあっと手で顔を覆《おお》って泣きだした。

——どうしたの、ベリンダ……お父様になにかあったの。

『そうじゃないの。ただ、あんまりなのよ、お父様ったら……あたしに、呪われたバーソロミュー公爵に嫁げとおっしゃるの！』

——あの、狼公爵さまに？

『そうよ、狼公爵さまよ！　ひとなのに狼の血を引くっていう呪われたかた！　夜な夜な美女を狩りに出かけるとか、姿かたちは野卑《やひ》な獣のようだとか言われているわ。そのかたがあたしの婚約者で……この衣装も贈りものなのよ。古くさい型紙に、おばあちゃんみたいな毛皮の襟！　こんなの恥ずかしくて着られやしないのに！』

——そんなことないわ、ベリンダ。その衣装はとても素敵で、似あっているわよ……。

ハニーポット・ヴィルは王家の管理地だが、そこを囲む広大な森はすべてバーソロミュー公爵——通称、狼公爵の所領だ。

森の端っこの木々を薪《まき》や家づくりに使わせてもらう代価として蜂蜜を届けてはいるが、村のだれもそのひとの姿を見たものはない。呪われた公爵は、人ぎらいとしても知られていた。

そんなひとのもとへ嫁ぐベリンダを、どう落ちつかせたらいいんだろう。おろおろしながらも、ミュリエルは姉の衣装がひどいとは思えなかった。

デザインは古くとも丁寧《ていねい》な織の生地は、濃い霧の森のなかでも寒くなさそう。テンの毛皮だって、婚約者が風邪《かぜ》をひかないようにと思いやってのものだと思う。

——公爵さまは、きっと優しいかたなのじゃないかしら。

感じたことをぽろりと口にだしたのが、まずかった。

『……じゃああなたが着なさいよ、ミュリエル。あなたのせいなんだからね——あなたが宮廷に残っていたら、あたしがこんな目にあうこともなかったんだわ』

　──ど……どうして？

『だって、あなたのほうが田舎向きだもの。静養なんかしていなかったら、宮廷からはやく出してやるためにお父様はあなたにこの結婚を命じたのに違いないわ……！』

　そうだとも違うとも言えない。優しく厳しい父王の考えなど、ミュリエルの知恵では量りかねるから。

　妹の戸惑いを見てとるや、ベリンダは毛皮の襟をはずした。帯もほどいて床に落とし、腰紐《こしひも》を緩《ゆる》めながら、

『はやく脱いで。あんたの服をあたしが着て、名前も交換するのよ。どうせ双子なんだから、どっちがどっちになったって構いやしない──そうよ、あたしがミュリエルになって、あなたがベリンダになる。それでみんな丸くおさまるっていうわけ！』


　丸くおさまるというのがこの状況でいいのかどうか──。

　雨に閉じこめられた城の地上階で、ミュリエルは公爵の召使たちの説得を受けていた。彼らは長年公爵に仕えてきたのだそうで、顔も似ていれば、背丈も声も似ていてだれがだれやら判別がつかない。そんな同じ顔の面々が次々と入れかわっては口々に、言うのだった。

「公爵さまは首を長くして王女さまをお待ちでしたのに」

「肖像画が届く前は、顔もわからない女となんか結婚したくないとぼやいていらっしゃいましたけれどね」

「じき王女さまご一行が着くと先触れが届いたときは、それは浮かれたご様子で」

「それでも城の外までは迎えに出られないのが公爵さまなんですけれどね」

立場上、面と向かって王女を責めることはできないが……彼らが公爵の気持ちをおもんぱかってつつがなく結婚を進めてほしいと願っているのは、間違いなかった。

アルバート・バーソロミュー公爵は召使にも慕《した》われている、いい主人らしい……。

召使の面々よりもひとつ頭が抜けて背が高く、落ちついた雰囲気《ふんいき》の男性は執事だと名乗った。

本来は穏やかそうな面立《おもだ》ちなのに、いま泣きそうなのはミュリエルのせいだろう。

「まだ間に合います。どうかいまからでも公爵さまのもとへ行って、やっぱり結婚する気になったとおっしゃっていただけませんか」

それができたら、どんなにか……ミュリエルが黙って首を横に振ると、執事は肩を落として、

「そうですか……では、仕方がありません」

目は諦めていないような気がするのは、気のせいだろうか。

「着替えをご用意しましたので、こちらの部屋をお使いください。手伝いは必要ですか？」

「……いいえ」

宮廷にいたときから、ひととおりのことは自分でするようにとしつけられてきたので、着替え程度なら不自由しない。執事が召使たちを追いたてて出ていったあと、やっと息をつくことができるようになって、ミュリエルは小さく呟《つぶや》いた。

「ごめんなさい……みなさん」

せめて言えたらよかった。内気のせいでうまく喋《しゃべ》れない自分が情けない。

（公爵さまは素敵なかただとわかっています。だからこそ、あのかたは、わたしにはもったいなさすぎるのです）

すばらしい公爵さまにふさわしい相手は、ちゃんとほかにいます――。

腰帯をほどいて丁寧にたたみ、毛皮の襟はテーブルにそっと置いた。これだけの衣装をベリンダのために揃《そろ》えた公爵は、いまどんな気持ちでいるだろう……金襴のドレスを脱いで下着姿になり、籠《かご》から着替えを手にとった。ぴらり、と、手ごたえが軽い。

「……え？」

とっさにあたりを見まわしてしまったが……ひとに訊こうにも部屋には自分だけだし、籠に入っていたのはそれと、いまミュリエルが着ているものよりもっと短い下着だけだ。

（これに着替えるの？）

なにかの間違いではないかと戸惑っていると、コンコン、とノックが鳴って、

「靴《くつ》、こちらに置いておきます」

と、手だけ出した執事がサンダルを床に置いた。ミュリエルは慌てて訊ねる。

「あの、こちらの衣装……っ」

「はい」

執事はミュリエルの手元を見つめ、頷いて、

「どうぞお召しになってください」

間違いはないと……言うことなのか？　ぱたん、と扉が閉じてしまい、ミュリエルは改めて布切れを広げた。

（これが、公爵さまがくださった奴隷《どれい》の服なら）

着るしかない。太腿《ふともも》までの丈《たけ》しかない短い下着に、膝上丈のスカート。花びらのような薄い袖《そで》は二の腕までしか隠してくれない。幅広のリボンを腰にきゅっと結んで、自分を見おろしてみると、なんというか、

（恥ずかしい……裸になったみたい）

光沢《こうたく》のある薄ピンクの生地は肌が透けるのだ。膝はすうすうするし、襟元《えりもと》は大きく開いているから、うっかりすると少女らしい膨《ふく》らみが見えてしまいそう。

裸足《はだし》にサンダルを履《は》いたところで、

「――もう、よろしいですか？」

執事が扉越しに声をかけてきた。男のひとに肌を見られてしまうのは、やっぱり恥ずかしかったのでミュリエルは慌てて肘や胸元を隠しつつ、

「はい……でも、あの。これでいいのかどうか」

部屋に入ってきた執事に、ちらりと一瞥《いちべつ》されただけで顔から火が出そうだったが、相手は満足そうに頷いた。

「おおいに結構です、完璧《かんぺき》です。これならば、バートさまも格好つけるのはおやめになって……いえ、なんでもありません。では、ついていらしてください。公爵さまはあなたに晩餐《ばんさん》の

おかずとなるようにお命じでした」

「お、おかず?」

「ああええ、正確には——晩餐時の、話し相手になってくださるようにと。お互いの理解を深めあえばなんらかの誤解も解けるのではないかというお考えではないでしょうか」

「……それは」

「まあ、ご本人がいまはたいそう臍《へそ》を曲げていらして、口もおききになりたくないようですがね」

「……わたしのせいですよね」

愚問《ぐもん》だ。


銀狼は行列を遠くから見ていた。

仲間はなわばりに踏みこんできた人間を食い殺そうといきまいていたが、短気はよせと押しとどめた。

兵士が担ぐ輿《こし》に、白いものが揺られている。

白い花びらに包まれた、蜂蜜色の毛並みのひとだ。

あんなにきれいなものが、ひとなのか。

それとも花びらをめくれば、あれも汚れたひとなのか?

執事はさっさと歩きだした。ミュリエルは急いであとに続く……螺旋《らせん》階段をのぼっていくと、どの階でも召使たちが忙しそうに立ち働いていた。

「いそげ、いそげ——結婚式用の飾りつけはすべてとっぱらえとのご命令だ！」

「はやくしなきゃ、狼が暴れだしてしまうぞ！」

（狼？　バートさま——公爵さまのことかしら）

ミュリエルは結婚相手でもないのだから、もう、バートさまと呼ばないほうがいいだろう。

「こちらです」

案内されたのは大きな広間だった。長方形の食卓にクロスが敷いてあり、グラス、水差し、ワインのデキャンタ、それからシチュー鍋《なべ》や大きなパンのかたまりやパイなどがところ狭しと並んでいた。

ごちそうは揃《そろ》っているのに、食卓についているのは公爵一人だ。執事を振り仰《あお》ぐと、

「先代の公爵さま、ならびに奥さまは亡くなられていますし、ご兄弟はおいでになりません。バートさまはいつもお一人で食事をなさいます」

「……こんなに広い場所で？」

ミュリエルは王宮にいたとき、両親は忙しくとも食事は姉妹と一緒だった。ハニーポット・ヴィルの領主館では、家政婦が話し相手になってくれた。執事は頷《うなず》き、

「おさみしいかたです。ですから、ともに食事をとってくださる伴侶《はんりょ》がいらしたらどんなによいだろうと願っていたのですが……」

「──余計な話をするな」

低く、静かに命じたのはバートで、二人が振り向くとふいっと顔を背けた。ミュリエルは……結婚はできないけれど、慰めになることがあるならなんでもしよう。執事が引いてくれた斜め向かいの椅子《いす》に腰を下ろし、膝の上に両手を揃える。

「……」

バートは鶏の丸焼きに手を伸ばすと、わざと歯をたてて食いちぎり、むしゃむしゃと口を動かした。

食事の話題、楽しい話題……公爵は音楽が好きだろうか？　ダンスは？　ミュリエルはどちらも苦手だし、そもそも宮廷の流行からは遠ざかって久しい。詩や、本のことならば少しは話せるのだけれど……あとは、蜜蜂の巣の探しかたとか？

ぐるぐる考えながらバートをちらちら見たりしていると、ふと、バートもミュリエルを見た。視線が絡みあう。深緑の目が、驚いたように見開く。

（……あ）

剝《む》きだしの肌に、ちり、と視線を感じた。うっかりすると透けてしまいそうな、胸もとのあたりに。

（見ていらっしゃるわ……やっぱり、似合っていないから、かな）

呼吸するたび上下する両胸の膨《ふく》らみ。間がもたなくてハニーブロンドをくるくる巻きつける、指。そこからこぼれた後れ毛。睫毛《まつげ》のひと筋、唇の艶《つや》。産毛《うぶげ》に浮かんだ汗のきらめき……すべてがバートの瞳に映っていた。

(恥ずかしいな……)

ハニーブロンドから指を離して襟を引っぱる。そうすると肩のほうがずり落ちてしまって、

「きゃ」

と、慌てて両手で体を隠した。バートはなおも視線を逸《そ》らしてくれない。

アルバート・バーソロミュー公爵が骨を持つ手つき、しゃぶる口元、脂《あぶら》に濡れた……唇。

唇。

ときん、と鼓動が打つ。

どきどき、と早鐘が続く。

あの唇……あのキス。それが重なったときの喜びを……忘れなきゃならないのに、鮮明に思いだしてしまう。

(だめよ、ミュリエル。あれはベリンダに与えられたものなの。わたしは……わたしはただ、だれとも口づけをしていないの)

いじましい自分が恥ずかしくて、言い聞かせる。火照《ほて》った肌からほんのり蜂蜜の香りが立ちのぼったが、ミュリエル自身は気づかず、バートだけがくん、と鼻を動かした。

若き公爵は日中と同じ衣装《ぞうげ》の上着を脱ぎ、シャツの胸元を緩めていた。滑らかな鎖骨がちらちら垣間見《かいまみ》え、ときどき象牙色の首飾りらしきものものぞく。ミュリエルは唇のことを考えるまいとして、ほかのことを考えた。

（あれは……牙かな？　お守りかしら）

森のそばで暮らすひとが、鹿の角や狼の牙をお守りに持つことは珍しくない。

（公爵さまは狩りがお好きなのかもしれないわね。お食事は——野菜よりも肉がお好みなのかしら）

宮廷作法《さほう》のような堅苦しい食べ方ではまったくないのに、公爵の食事ぶりは洗練されていた。クロスや皿は汚さないし、シャツも真っ白なまま。ミュリエルは自分の発見が嬉しくなって、つい口に出して言った。

「公爵さまはお食事がお好きなのですね。おいしそうにお召し上がりになるから、見ていて気持ちがいいです」

「——……」

バートはいぶかしそうに睨《にら》んできたものの、なにも言わずにゴブレットに手を伸ばす。傾けてみて、中身が空《から》っぽだった。デキャンタはミュリエルの目の前にあったので、

「お注ぎいたしましょう」

仲直りする、いいきっかけになるかもしれない。

真紅のワインをいっぱいに満たしたデキャンタはかなり重かったが、平気な振りでそれを持ちあげた。バートが差しだしたゴブレットに、こぼさないようにゆっくり傾けていくが、重くて腕がぷるぷる震える。

そんなミュリエルの剝きだしの肘、両手がふさがっているので隠せなくなった襟元に、バー

トの眼差《まなざ》しが滑りこんだ。初々《ういうい》しい膨らみがつくる谷間に、水晶のかけらのような汗がひとしずく流れおちていく。それを追っていった深緑の瞳に、ついに光が宿った。

ミュリエルはそんなことにまったく気づかず、

(これくらいかしら、もうちょっと?)

一生懸命にワインを注いでいたが、デキャンタを浮かした瞬間ガラスの縁がゴブレットにぶつかり、公爵の手から離れた。あっというまに、クロスに葡萄《ぶどう》色が広がる。バートのシャツの袖《そで》にまで。

「申しわけありません!」

ミュリエルは急いでデキャンタを置き、あたりを見まわした。

「いま、拭《ふ》くものを……あ、ナプキンを」

たたんだナプキンが食卓の中央に芸術的に並んでいる。ミュリエルはいっぱいに身を乗りだしてそれを取り——ほっそりした腰がくねり、短いスカートの裾《すそ》から、柔らかそうな太腿《ふともも》がのぞいた……公爵を振りかえって、息を呑《の》んだ。

(目の色が……また)

深緑のなかに、金の炎——口づけのあとに見せた瞳と同じだ。

(だめ……思いだしてしまいそう……でも)

ぼうっとなったミュリエルの頬《ほお》に公爵の手が伸びてくる。触れる……火傷《やけど》しそうに熱く、びくっと肩が震えた。

「……公爵さま……、あっ」

震える肩を手のひらで包みこみ、二の腕をさらさらと撫《な》でた。薄着を忘れてしまうくらいにあたたかな手。ひらひらした袖のなかに指を滑りこませ、腋《わき》のつけ根をふに、と押す。

「ふぁ……だめ。わたし、くすぐったがり、なんです……」

身を引いても、指が追ってくる。バートがうっとりと目を細くし、くぐもった声で言った。

「……プティング」

「あ……はい？」

食べたいのだろうか？

バートの虹彩を縁どる金の輪は、まるで夜の獣の目のよう。弱い生きものは本能的に怯《おび》えてしまう。ミュリエルは、いつだって狩られるほう……食べられるほうの側だ。

「ん……あっ」

華奢《きゃしゃ》な二の腕を男の手がつかみ、あっけなくミュリエルを引き寄せる。椅子に腰かけている公爵の膝にすがる格好で倒れこみ、鼓動が弾むのを実感せずにいられなかった。

もう、二度と包みこまれることはないと思っていた、広い胸のなか。

もっと、抱きしめてほしい……ううん、それはだめ。

恥ずかしさと嬉しい気持ちと、悲しさがまぜこぜになり、桜色に火照った肌から蜂蜜の匂いが香りだす。

「ごめんなさい……すぐに起きますから、あの……」

解放してくれるどころか、手にますます力がこもった。

公爵の襟元がミュリエルの鼻先に迫っている。首飾りの正体がはっきりとわかった。

やっぱり三日月形の、獣の牙らしい。

(狩りのときのお守り、かし……ら……ぁっ)

呑気《のんき》に考えていられたのも束の間、公爵は衣装のうえからミュリエルの背中をつつっとなぞった。

「ん……く……ふぁ」

くすぐられると弱いところを、爪と指が行ったりきたりする。そこから蜘蛛《くも》の糸が飛びだして手足を絡めとっていくように、次第に動きがままならなくなった。

(しびれるの……どうして？　くすぐったいのに、ふわふわするなんて)

頭がぼうっとしてきて、小さく吐息をこぼす。

「……バウムクーヘン？」

細い腰のくびれを手のひらで撫でながら、公爵が囁《ささや》いた。

「違います……わたし、食べものじゃありません」

ハニーブロンドに顔が近づき、すん、と匂いを嗅《か》いだ。公爵は得心したように頷き、

「……バター」

「なにが……ですか？　……えっ」

身を乗りだしてバター・ナイフを手に取った公爵が、見せつけるように銀の刃の汚れを舌で

舐《な》めとった。

肉厚の赤い舌。それだけが独立した生きもののようなねっとりした動き……思わず唾《つば》を呑みこんだミュリエルの体が、ふわりと浮く。

公爵がミュリエルを抱えあげたのだ。食卓にそのまま置こうとするので、驚いて足をばたつかせると、空《から》の皿にかかとがぶつかり、音をたてて床に落ちた。

「ごめんなさいっ……公爵さま、あの、下ろして……」

下ろされたのは、食卓の上だ。金の目を輝かせた公爵の向こうに、天井画が見える。宗教画……とは少し違うようで、女性と狼の絵。ひと枠《わく》ごとに違う場面が描かれているようだが、いったいどういう物語があるのだろうか……。

などとぼんやりするのは、焦ったときの悪い癖《くせ》かもしれない。

気がつくと公爵の顔が迫ってきて……ぽかんと開いたミュリエルの口が、彼のそれで塞がれた。触れあった瞬間に胸まで満たされてしまう、キスは魔法のようだ。

もう、しないと誓ったはずなのに……。

こぼしたワインが背中に沁みてくる。唇だけがあたたかい。ワインと鶏肉の味が混ざりあい、ミュリエルはその香りだけで酔った。

公爵は唾液《だえき》をのせた舌でミュリエルの口内を濡らし、糸を引いて離れていく。

「……あ……公爵、さま」

罪におののくミュリエルの鼻先で、バター・ナイフが銀にきらめいた。それを、どうするつもりだろう……怯えていると、ひやりとした冷たい刃が耳元に押しつけられた。

「きゃ、ぁっ……」

刃がないとわかっていても、本能的な恐怖はおこるものだ。耳の下から、喉《のど》、首筋へとナイフが滑っていき、鎖骨をすうっと横になぞる。

「きゃぅん……！」

背をのけ反らせたとたん、ミュリエルの胸がふるん、と揺れた。おいしそうな膨《ふく》らみだ。公爵はたわわな丸みに手を添えつつ、バター・ナイフの刃を下から上へと滑らせる。広い裾野から尖端へと……頂点に近づく。ミュリエルは身をかたくしながらその動きを見守り、軽く、倒した刃の峰がそこをすっとなぞると、

「……ん！」

喉をそらして、恥ずかしい声をあげてしまった。

どういう魔法だろうか。ただナイフが掠《かす》めただけなのに、気持ちいいなんて。バター・ナイフが小刻みに振るわれ、先端をこねまわす。見た目はすぼんでいくくせに、なかは溶けて、

「んっ……くぅ……ぁぁあ、公爵さま……ぁ」

薄布ごしにひやりと伝わる金属の硬さ。それが往復するたび、甘い痺《しび》れがおこってミュリエルはわけがわからなくなった。

（レーズン入りのバターになったみたい……溶けたなかで小さな種が、ころころしているの……公爵さまのナイフにすくわれて、食べられてしまいそう）

片方だけ、かたちを変えていく胸。それは恥ずかしいのに、公爵にいじられて変わったのだと意識するとほんのり嬉しい。

「ぁ、ぁ……公爵さま、ぁ……お願い、そこばっかり、おかしくしないで……ぁ」

肘をつかんでねだったところ、公爵は空いている手を無造作《むぞうさ》にもう一方の膨らみへと伸ばした。とく、とく、とはやい鼓動を包みこむ、手のひらのぬくもり。

（あたたかい……）

少女がこれまで意識したことのなかった、初々《ういうい》しい果実――それは男の手を感じただけでじわじわと熟していき、なにもされていないのに期待だけで先端をとがらせていく。

公爵が顔を近づけた。また、口づけを？　吐息を甘くして待つミュリエルの鼻先で唇をとめ、笑ったように思い……いきなりだ。胸に添えていた手で、膨らみを揉《も》みしだいた。

「ふぁ、あ！　ぁん！　ぁん、や……顔、見ないでください……！」

ミュリエルの乳房は男の手のなかで面白いようにかたちを変えた。握られたり、つかみあげられたりするたびに自分が変わっていくようで、怖くて、顔を隠したいのに、公爵の目は容赦《ようしゃ》なく、乱れる王女を見つめてくる。せめて手で口を覆《おお》おうとすると、公爵はバター・ナイフを捨ててほっそりした手を抑えこんだ。

「ぁあ！　やぁ……！」

乳房から太腿へと降りていく指。短すぎる衣装の裾をめくられそうになったため、慌てて膝を閉じたが間にあわず、するりと下着をずり下ろされた。

「ひゃ……！」

公爵の手のひらが、ミュリエルのお尻をじかに撫《な》でる。

「いやぁん、だめ、ぇ！　そんなところ、恥ずか、し……ひゃぁ……あ！」

公爵が内腿の肉に顔を近づけ、パンに食いつくようにそれに食いつく。ふうっと、ぬるい息が秘所まで流れこんだ。

口に含まれた瞬間、ぬるみと温《ぬく》みが下肢《かし》に響いて、

「いぁっん、や！　あ、食べ、ないでぇ……！」

はむ、はむ、と甘嚙《あまが》みするだけでは物足りないのか、ソースの器に指を突っこみ、それを白い内股に塗り広げた。

すうっと、純白の肌に広がる赤紫のソース。ひとしずく、こぼれ落ちそうになったところに舌を近づけて、ちろりと舐める。

「ん、くっ……」

ちろり、ぺろり、と舐めては、食み、また舐める。そのたびミュリエルはびくびく震える。

ソースを拭われたあとの肌はもとの純白ではなく、桜色に染まった。

「……あ、はぁ……もう、しないで、こんな……」

ソースに飽きると、今度はクリームを。公爵はスコーンの皿にこってり盛りつけてあるクロテッド・クリームを手のひらにとった。ミュリエルの腿を肩に抱えあげ、ひくひくと緊張している腿にすうっと塗りのばす。

「あぁぁん！」

白に、白を重ねたデザートに近づく顔。腰骨のくぼみにソースとクリームがたまっていて、そこに舌が入るとたまらず、ミュリエルはナプキンごとクロスを握りしめた。

「ふぁ、ぁ、え……ぁ、う」

ぴちゃぴちゃ音をたてて舐められている……食べられている？　もう、自分が食べものなのか、ほんとうはひとだったのかさえわからなくなりかけていて、気が遠くなりそうだ。

公爵の舌と唇に与えられる感覚を逃すすべを、まだ知らないから。

「あう、ぁ、はぁ、はぁ……っ」

舌が恥骨《ちこつ》までたどりついた。公爵は残りのクロテッド・クリームを舐めながらミュリエルの乳房をべたつく手のひらで包みこみ、やわやわと揉んだ。

「いゃぁん……！」

心の臓に、じかに届いてくる熱。ミュリエルはされていることの感覚を素直に受けとめるばかりだ——くすぐったくて、苦しくて、でも甘くて。

（だめ、もう……このまま、溶けて、なくなってしまいそう……）

体じゅうにじんわり滲《にじ》みだした汗から、蜂蜜の香りが立ちのぼっている。

「んっ……」

耳朶《じだ》に唇が戻ってきた。ミュリエルはいやいやをして、

「わたし、食べものではないの……もっと、おいしい料理がいっぱい、あ……るのに……ぃや

っぁ……！　先っぽ、つまんだりしちゃ……ぁ！」

しこった種が公爵の指に挟まれ、くりくりといじられた。逃れられない疼《うず》きが下腹部までおりていき、ミュリエルは足のあいだにぬかるみが生まれるのを感じた。

（おぼれちゃう……！）

助けてほしくて、黒灰色の頭をかき抱く。

甘酸《あまず》っぱい汗の香る、男性の首筋。胸いっぱいに公爵の匂いを吸いこみながら唇を開いてねだると、すぐに口づけが与えられた。

「くちゅ……ん、あ……」

嬉しい——そう思ってしまっては、いけないのに。

くぐもる声が、低く、

「ハ、ハチミツ」

「いぁ……ん、ぁ、わたし、そうです……匂いが……ぁ……」

「ハチミツ……食、イ、タイ」

「えっ……え——ああっ！」

むきだしの腿に、なにか硬いものが押しつけられる。また、ナイフ？　それとも……燃える石炭のかたまり？　なんの心の準備もできていなかったところにずしりとした熱を加えられたミュリエルは、怖れのあまりクロスを強く引いた。

ガシャガシャガシャ……！　ボトルや食器がなだれを打って床に落ち、ミュリエル自身もクロスに絡めとられて落ちていく。目を見開いて、しばらくして——……時間がとまっていたことに気づいた。

「……ぁ」

公爵が、バートが、また近いところからミュリエルを見つめている。目のなかの金の光は消えてしまっていて、深緑色に戻っていた。無意識に出たのだろう、両手でクロスごとミュリエルを抱きしめており、

「……公爵さま?」

そっと問いかけると、バートはまるで炎にでも触れたようにミュリエルから手を離した。

「あっ……うわ、わぁ!」

「きゃぁっ」

落下していくミュリエルを再び抱きとめようとして、一緒に床に倒れこむ。

おかげでミュリエルは無傷だったが、公爵は痛くないだろうか。ほっとしつつ心配したところで、頭ごなしに叱られた。

「どういうことだ……いったいなぜ、あなたは私に抱きしめられているのだ!」

それはミュリエルのほうが知りたいことだが……やっぱり気の弱さが邪魔をして、謝ってしまう。

「……ごめんなさい」

それから、ずっと握りしめていたナプキンに気づいて、掲げてみせた。

「ワインをこぼしてしまいましたの……それで、拭こうと」

「ワインだと？　なぜそんな……いいや」

手元に転がってきたゴブレット。赤紫に染まったシャツの袖……それらを目にしたバートはこめかみに指をあてた。

「――喉《のど》を潤そうとしたところまでは覚えているぞ。あなたが重そうにデキャンタを持ちあげたことも、そんなことをしなくていいと言いたかったから……覚えている。そのあとだ、あなたの衣装の襟《えり》がずれて、白い」

ミュリエルの衣装にもワインが沁《し》みていて、まだらに汚れ、しかもくしゃくしゃになって腿の上までめくりあがっていた。公爵ははっとして息を呑み、目を逸らす。ミュリエルが小首を傾げ、

「どうなさったの？」

「っ……なんでもない！　はやく、ご自分の衣装を整えなさい！」

指摘されて腿が見えていたことに気づき、ミュリエルは真っ赤になって足を隠した。その隙に、公爵もなにやら彼自身の服装を整えている。

二人がどたばたしているあいだにはまったく姿を見せなかった召使たちが、執事の指揮のもとぞろぞろと戻ってくる。てきぱき床を片づけ、新しいクロスを敷き、料理を並べるまでのあいだバートもミュリエルも押し黙っていた。

（これ、お洗濯《せんたく》しなきゃな……）

肌にはりつく衣装をつまんで、ミュリエルが情けない気持ちでいると、

「ベリンダ姫」

「……」

「王女っ！」

呼びかけたのはバートだ。びくっとして顔をあげたミュリエルに、

「……お体に、支障はないか」

こわごわ訊ねてくる。とりあえずいまはどこも痛くなかったので、ミュリエルはうなずいた。

「大丈夫です。バートさ……公爵さまが、支えてくださいましたから」

「私が訊きたいのはその前に、なにが起こったのかということだ！　が――……あなたが平気だというなら、それで構わない。いったいどんなつもりでそんな衣装を着ていらしたのか知らないが」

「執事さんが用意してくださったのです」

きょとんとして答えると、バートは、

「あいつめ」

睨《にら》みつけられた執事は、そそくさと広間を出ていく。

なにか手違いがあったのだろうか。こういう衣装はバートの好みではなかった？　不安になって見つめるミュリエルの目と、バートは視線を合わせようとしない。

「私があなたに頼みたかったのは、ただ座っているということだ。ケーキの上の飴細工《あめざいく》のよう

に動かず、なにもせず……そうしてあなたを空気のような存在にしてしまって、この胸のむかつきをおさめたかった。いっそ憎ませてほしいくらいなのだから、ゴブレットを満たそうなどという気遣いは無用だ！　重いデキャンタを持つなんて論外ではないか。壊れてしまったらどうする、この、あなたの……」

どうして深緑の目のとき、彼が触れてくる手つきはこわごわで、そっとしているのだろう。

「――可愛《かわい》らしい手が」

「……すみません」

ありがとうございます、でも大丈夫です、わたしは見た目よりも丈夫なんです！　言えたらいいのに、言葉は喉もとで引っかかって謝るのがやっとだ。

でも、やっぱり、ミュリエルを飴細工にたとえる彼は食いしん坊だと思う。あちこち触ったり舐《な》めたりした理由も、おいしそうに見えたからだったりして。

（おかしなかた）

「ベリンダ」

くすくす笑いだしそうだったミュリエルに、バートが真面目《まじめ》な面持《おもも》ちで訊ねた。

「まだ、お気は変わってくださらないか。私と結婚したくなどない？」

「――……」

（バートさまはほんとうに、ベリンダを待っていらしたんだわ。ベリンダのことが、とてもお好きなんだわ）

ミュリエルの目がみるみるうちに潤むのを察したバートは、目をそらして立ちあがった。

「もういい、無理強《じ》いはしない！　食事は私一人で済ませるから、あなたは着替えをしなさい——執事！　ベリンダ王女にもっとまともな衣装をさしあげろ。妻のために用意した服でなくても、なにかあるだろう……なにもないなら毛布でいいから——いたわってさしあげろ。このかたは、狼公爵の城に慣れていないのだから」

言葉が苦しげなのはなぜだろう。ミュリエルの胸も苦しく、視線を逸《そ》らした先に見えた光は、(夕焼けだわ……)

雨が止んでいた。螺旋《らせん》階段に赤い光が射しこみ、召使たちの姿は暗く、影に沈みかけている。もうじき日が落ちるのだ。ミュリエルは、ベリンダの振りをしたまま、姉の婚約者の城で夜を迎える。

そのことがとても恐ろしく、同時に、そわそわする予感もあるのだった。


フロランシアは楡《にれ》の木の切り株に置き去りにされた。

花嫁の衣装は窮屈《きゅうくつ》だったが、あとは幸せだった。

切り株には木漏れ日《こもれび》がたっぷり降りそそぎ、あたたかい。

まわりのれんげ畑からたくさん、蜂が集まってくる。

寝っ転がった頭の上に蜜蜂が巣をつくっていたので、指をつっこんで、蜜をすくった。

蜂蜜をぺろぺろ舐めながら、考えた。

銀狼って、どんなひとだろう？

＊

バーソロミュー公爵家の、当代の執事。バートに心から忠誠を誓っている彼の、一日の締めくくりの仕事は戸締まりだ。

盗賊《とうぞく》もたどりつきようがない森の奥のこと。ホールの戸などは年じゅう開けっぱなしだが……彼だけが預けられている鍵《かぎ》がある。当主、バートの寝室の鍵だ。

「それでは、おやすみなさいませ」

城の夜ははやい……特にバーソロミュー公爵は日没後まもなく寝室にひきとるのが習慣だ。

「……」

お気に入りのナイトキャップは蜂蜜酒。いつも一杯でやめるところが二杯目を口にしているのは、心にかかる問題のためか。

窓には鋼鉄の鎧戸《よろいど》を下ろし、灯りはすでに蠟燭《ろうそく》一つきり。

乏《とぼ》しい灯りのなかでもバートのしなやかな体軀《たいく》、凜々《りり》しい面立《おもだ》ちはきわだっているのに……この若き公爵は華やかな宮廷とも、賑やかな宴《うたげ》とも無縁の暮らしを送ってきた。

幼いころから彼を苦しめる、呪いのせいで。

（おいたわしい）

心のなかでそっと涙を拭《ぬぐ》った執事に、バートが二杯目のナイトキャップを飲みほしてから、訊ねた。

「客人は」

妻は、婚約者は、と問わないのが切ない。執事は心のなかで号泣しつつ答えた。

「バートさまが昔使っていらした子供部屋にご案内いたしました。個室で空いているのはそこだけでしたので……それとも、いっそ奥様用のお部屋にご案内いたしましょうか」

「馬鹿を言うな！　こちらの部屋に入れられるのは妻となるひとだけだ。王女は、まだ……そうではない」

奥様の部屋というのは、代々の公爵夫人が使ってきた寝室のことで、バートの寝室とは扉続きになっている。

先代の公爵夫人——つまりバートの母親——の思い出に包まれていた調度《ちょうど》も寝台も、オーク王女を迎えるにあたって新しいものに変えたばかりだというのに……肝心《かんじん》の王女にその気がないというのは予想外かつ、悲しいことだ。

それにしてもベリンダ王女は——執事が推察するにまったくバートのことをきらっているわけではないようなのだが——なぜ、ここまできて結婚できないと言いだしたのだろうか？

脈がないわけでもないなら、バートのほうからもっと積極的に迫ってみればいいと考え、薄着を提案してみたのだが、どうやら逆効果だった。晩餐《ばんさん》のとき、バートは王女の色香に迷うどころか一足飛びに理性を飛ばして——襲いかかってしまったのだから。

執事は……それはそれでいいのでは、と思うところがあった。なにしろ言い伝えでは、バーソロミュー公爵の呪いを解くために必要なのがオーク王女との結婚なのだから、既成事実ができたとたんに晴れてめでたくバートは長年の懸案から解放され、王女のほうも諦めて結婚式に臨《のぞ》んでくれるのでは？

忙しく考える執事の頭のなかを見通している様子で、バートは恨みがましく言った。

「忠義には感謝しているが、この婚姻に際して余計な小細工《こざいく》はしないでくれ。なんだ、あの食事のときの……衣装は。未遂《みすい》だったからいいようなものの、私のなかのあれが暴れだしてベリンダを傷つけてしまったら、どうするつもりだったのだ」

未遂とは言い難いくらいにバートのなかのあれは王女に好き放題していたが、悲しいかな、本人は知らない。執事は主人の矜持《きょうじ》を傷つけないようにと、遠まわしに言った。

「まことに、申しわけございません。いやらしい服を着てその気をあおれば、王女殿下の気持ちも結婚に傾くかと期待したのです」

「あのひとはそのような女性ではない。無邪気で、内気で、恥じらう花だ」

その花が、理性を失った公爵の腕のなかでどのようにみだらに咲きつつあったか……すべてを垣間見《かいまみ》ていた執事は、なにも覚えていないバートが哀れでならなかった。

（まことに、おいたわしい）

代々の公爵も興奮すると姿を変える性質はあったが、変化しているあいだの記憶は保っていたと聞く。バートだけだ……よりによって王女をめとる代にあたる公爵が、理性が飛ぶとたやすく獣に変わってしまい、しかもそのあいだのことを一切覚えておけない体質だなんて。

あまりにいたわしいではないか……夜、眠るときでさえ理性が休んでしまうために獣が起きだすからと、バートは寝室に外鍵をかけさせて自らを閉じこめるのだ。

自分がだれも傷つけたりしないように。

王女との結婚で呪いが解けることだけが、希望だったのに。

バートはカタン！　と音を立てて、ナイトキャップのグラスを置いた。

「とにかく！　だ……今宵《こよい》の戸締まりはいつにも増して厳重にしてくれ。変化した獣がどうあがこうと王女に近づけないように。わかったな？」

「はい、かしこまりました」

「王女――……客人にも、言っておけ。夜は部屋から出ないほうが御身のためだと。狼公爵の城には獣がいるのだからと……わかるな？」

「かしこまりましてございます」

行け、と、背中を向けた公爵の髪が徐々に膨れあがりつつあった。執事は急いでお辞儀《じぎ》をして主の寝室を辞す。扉の鍵、鍵のうえに錠《じょう》をかけ、ふっと溜息をつく。

（もちろん、わたくしは獣を恐れているし、あれが暴れだしているあいだは手出ししようがないことも理解しているのだが）

晩餐のときの王女は――どうだった？　馬車から降りたばかりのときは？　初対面の王女にいきなり口づけをはじめたのはバートの意思というよりも、獣のそれではなかっただろうか。

しかし、獣は王女に傷を負わせたわけではないし、王女のほうも……嬉しげに行為を受け入れているように、見受けられた。

ベリンダ王女には言い伝えどおり、バートの呪いを解く力があるのかもしれない……ならば、

(賭《か》けてみる価値があるのは、確かだろう)

執事はおおいに頷き、厨房《ちゅうぼう》へ向かった。


夜は、部屋から出ないほうが身のためですよ。

就寝前、あたたかいミルクを運んできてくれた執事が、そう言った。

ミュリエルは箱いっぱいに与えられた寝間着のなかから、できるだけ裾の長いものを選ぼうとしている最中だった。

なぜですか、と訊ねると、

『公爵さまがそうおっしゃったのです。むしろこの季節は外のほうが風通しがよくて過ごしやすいため、部屋に引きこもっている召使などいないのですが。星空がまた、すばらしいのですよ。ご覧いただけたらきっと王女殿下もこちらの城が好きになってくださると思いますが……とりあえず公爵さまは、部屋から出ないほうがよいだろうと仰《おお》せでした』

公爵さまは、夜に外でお過ごしになるのがお好きなのですか？

『ええ……ええまあ、状況が許せば、ですね』

意味深な発言だったが、ミュリエルとしてはバートの言葉に従いたい……ベリンダのことで

負い目があるので、せめてほかのことでは公爵の意に添うように振る舞いたかった。

それに、今日は朝からいろいろなことがあって疲れているのだから、ぐっすり眠ってしまうのに違いない。ミュリエルに与えられた寝室は壁に森の絵が描かれ、小さいベッドの柱にはゾウやライオンなどの顔が彫りこまれているという、可愛らしい子供部屋だ。

(おふとんも小さい)

自分の体が大きくなった気分。きっと、よく眠れるはず……たくさん考えなければならないことはあるけれど、夜はまず眠ろう。そんな決意はあったのだけれど、

「……うう、ん……」

目を閉じると、浮かんでくるのは金の目。

小さく丸めた体のあちこちが、なにかの名残《なごり》を惜しんで疼《うず》く。

(眠らなきゃ……)

それでも目を閉じて、うつらうつらしかけたのだが……キィ、と、扉が軋《きし》む音で目を開けた。

建てつけが悪いのか、子供部屋の扉が半開きになって、ゆらゆらしている。

まだ宵《よい》の口だろう――静けさと月の光が扉の隙間《すきま》から流れこんできて、ミュリエルの目を冴えさせた。

(……仕方ないわ)

溜息をつき、ベッドから降りてサンダルを突っかけた。扉に手を触れ……少し迷ったものの、そのまま廊下に出ていく。ところどころで涼みながら眠ってしまったらしい召使を踏みそうに

なりながら、外へ。

森の川から引きこまれた水路が裏手を流れていて、きれいな水に手をつけると冷たく、肘まで凍りそうな痛みさえ覚えた。

水の滴《したた》る指で頬《ほお》に触れ、火照《ほて》りが冷めるのを待つ。

「……はぁ」

溜息の甘さに……思いだすのは、公爵の口のなかの熱だ。有無を言わさず奪われたけれど、ちっともいやではなかった口づけ。

ミュリエルの産毛《うぶげ》を舐《な》めていったあの舌——内股にあてがわれた、あの熱、は……。

かあっと、全身が赤くなる。

(だめ、思いだしちゃ)

慌てて水に手を突っこみ、ばしゃばしゃと顔を洗った。

公爵の行為——あれはただ、ミュリエルを食べものと勘違いしていただけだ。ミュリエルから香る蜂蜜はずいぶん甘い匂《にお》いだそうだから(王宮にいたころ、そんなふうに話しかけてくる貴族の若者が多くいた)、服の下にケーキを……隠していると思って、あんなふうに食べようとしたのかも。

(小さいころは乳母が変わるたびに、隠しているお菓子を出しなさいって叱《しか》られたっけ。なにもないって言ってもなかなか信じてもらえなかったわ)

ハニーポット・ヴィルでは、ミュリエルの香りもまわりと溶けこんでしまって、ようやく自由に呼吸ができる気がしたものだ。

(……コリン、どうしているかな)

いちばん仲良しの友達のことを、やはり思いだしてしまう。蜂と追いかけっこをしてはぐれ巣を見つけた朝のことが、遠い昔のようだ——コリンは、あの巣をどうしただろう。

(わたしのぶんの蜂蜜をとっておいてくれたかな。ひとさじ分でも味見ができたらいいんだけど……ベリンダにあげちゃったかしら。ベリンダも——コリンの前でミュリエルの振りをしているなら、わたしと同じ気持ちでいるのかも。いくら双子でも自分じゃないひとの振りをするのって難しいし、さみしいよね)

ベリンダがほんとうに公爵に嫁《とつ》ぎたくないのなら、やっぱり父王にちゃんと自分の気持ちを伝えて、判断を仰《あお》ぐべきではないだろうか。そのときはミュリエルが、口添えの手紙を書いたっていい。

ベリンダは、狼公爵さまとの結婚をいやがっています。

もしも支障がないようでしたら、わたしを代わりに……。

(代わり……に? ということは、わたしが、バートさまに嫁ぐの?)

無理だ、無理——支障があるのに決まっている! ミュリエルは立ち居振る舞いも優雅にできないし、社交も苦手だ。とてもベリンダの代わりなんてできないくらいのできそこないだから。

今日だって、もう少しミュリエルがしっかりしていたら公爵の機嫌を損《そこ》ねずにベリンダの事情を伝えて、ともに対策を練《ね》ることだってできていたかもしれない。

(なのに、わたしったら……できたことといえば、バートさまを怒らせたことと、お人形みたいに座っていたことだけ！)

あのあと、食事からその後のお茶の時間にかけてずっとミュリエルを見つめつづけた公爵は
――日没とともに彼の居室に入り、それから姿を現さなかった。いまごろはもう、休んでしまったことだろう。溜息をついて空を仰ぐと……星がきれいだ。

執事が言ったとおり。宮廷夫人たちの宝石箱よりもきれい。ミュリエルはとっくにこの地方の夜空が大好きなのだった……ハニーポット・ヴィルでも、同じ空を見てきたから。

(……王宮よりもずっと好き)

夜空を切りとるのは、棺桶《かんおけ》のような城の大きな影だ。上階に住まう公爵の窓から、灯りは一つも洩《も》れてこない……よく、おやすみでいるのだろう。

ミュリエルもそろそろ城内に戻ろうと、腰を浮かせたとき、

――オオ、オオオ――――ン…………。

遠吠えが聞こえた。近く……というより、頭の上から降ってきたような。

(森の音が、城の壁にはじかれて響くの。そういうことってあるのよ)

と、勝手に決めて、そそくさと立ち去ろうとしたのに、

――ウォォ、ワオオ――ン……ウゥ、オオオオ……。

応えるような遠吠えが……今度は、すぐ近くから。

ここは狼公爵とあだ名されるひとの居城であって、狼の暮らす森に囲まれている。ひとの気配が少ないこんな夜は、狼たちが近くに来ることだってあるかもしれない。

——『夜は部屋から出ないほうが、御身のため』……それが、公爵の忠告。

はやくなかに入ろう。そう思って踵《きびす》を返したものの、ネグリジェの長い裾《すそ》が小枝に引っかかって、引き戻されてしまった。

(いやだ、もう)

自分のどじが情けなくなる。仕方がないので身を屈めて小枝を外していると……かさ、と草が揺れる音がした。

顔をあげる。なにも見えない。いや、蛍が……？　鮮やかな小さな光が行く手のくさむらに集まり、ぴちゃぴちゃ、くちゃくちゃと音をたてなにかに群がっている。ミュリエルを見つけ、うなり声をあげはじめた。

ネグリジェの裾《すそ》から小枝が外れ、ふわりと広がる。同時に光が散らばり、ミュリエルをぐるりと取り囲んだ。

星明かりが、それらの姿を照らす。

端正な姿の、狼たち。

「……や」

どうして、ここにいるの……餌《えさ》を食べていたの？　なぜ、近づいてくるの……ミュリエルのハニーブロンドが目立つから？　それとも……蜂蜜の匂いに引き寄せられて？

狼にとって少女の柔らかい肉は間違いなく、食べものだ。

逃げなければと思うが、恐怖に身が竦《すく》んで動かない。声も出せない。じり、と後ろに下がろうとして、足が滑った。また、どじだ。ハニーブロンドがふわりと舞う。

無防備に倒れた獲物の様子に歓喜の声をあげ、群れがいっせいに飛びかかってきた。

「いや……助けて、だれか——————！」

背後の城の、どこかで窓が開いた。

空から降ってきた重たい影が、ミュリエルと狼の群れのあいだに着地する。影は二本の足で立つなり、狼たちに向け、大きく胸を広げて吠えた。

「ウォォォォ、ゥアアアアア——————……！」

空気がびりびり震える。狼の群れは一頭、また一頭と向きを変え、森に帰っていく。最後まで残った頭領の一頭も、なにか伝えたげにミュリエルたちを振りかえったものの、跳ねて茂みに飛びこむ。

辺りが、静かになった。

ミュリエルは唖然《あぜん》として、自分を助けてくれた影を見あげている。

これは、だれ——ひと？

腰から下には人間らしい下穿《したば》きを穿《は》いているが、上半身にはなにも着ていない。たくましい体つきは人間そのものだが、背は毛を逆立てた猫のように屈められ、乱れた髪が呼吸とともに揺らぐ。

狼の気配が完全に消えると、その背の緊張もいささか和《やわ》らいだ。ゆっくりとミュリエルに向きなおった——その胸に、白い牙の飾りがきらめいたので、はっとする。

あれは公爵がつけていたお守りだ。では、このひとは、まさか——……？

両目は金に輝き、めくれあがった唇から犬歯をのぞかせ、耳の先はとがっている。晩餐《ばんさん》で見たときは、ここまで獣じみた姿ではなかったけれど、でも……。

「……狼、公爵さま？」

アルバート・バーソロミューではなく、狼。その呼び名にふさわしい姿……呼びかけに、狼公爵も反応した。くぐもったうなり声をやめて、地を蹴《け》り、ミュリエルに襲いかかる！

「きゃ、あ……ああ！」

あっけなく仰向《あおむ》けに倒れたミュリエルの肩を、爪をたてた手で押さえつけながら、狼公爵はふんふんと鼻を鳴らした。熱い息が耳元、首筋へとかかり、ミュリエルは足をばたつかせたが、雄《おす》の体はびくともしない。

倒れた場所のすぐそばに、生肉のかたまりが落ちていた。狼たちはこれに群がっていたのだろう。だれが置いたのか知らないが、狼のような公爵も、そちらの肉に興味を示してくれたらいいのに——。

襟《えり》に鼻を押しこまれた。くっきりした胸の谷間に獣の息が充満していく。熱くて、むずむずする……。

「熱いです、や……ああ！」

この狼公爵にひとの言葉は通じないらしく、いったん肩を離れた手は襟ぐりを左右からつかみ、あっけなく引き裂いた。びりびりという衝撃。

「いやぁん……っ」

処女の胸がぷるんとこぼれだす。夜空に浮かぶ月よりもほの白く、瑞々《みずみず》しい肌だ。それを前にした狼公爵の目はいっそうぎらつき、唇の隙間《すきま》から滴《したた》ったよだれが、ミュリエルの果実の尖端に垂れる。

（ぬるっとして、くすぐったい……っ）

種が潤いを帯び、きゅっとすぼんでかたちをつくった。片方にだけ姿を現した種に目を細めた狼公爵は、舌を長く伸ばして近づけてくる。

「あ、ぁ、だめ……舐めちゃ、触っちゃ……ん、ぁうんんっ」

ミュリエルが怯《おび》えながら待つなか、狼公爵の舌の尖端がちっちゃな胸の先に触った。ぴくっと震えつつなおも目が離せないでいると、舌は触れるか触れないかのところでちろちろと揺れ動き、胸の先っぽが勝手に、ものほしそうに立ちあがっていく。

（どうして、こんなふうに舐めてほしそうになるの……いやらしい）

いけないと思うのに、胸の奥ではほのかにこれを望んでいたような……やめてほしいのに、やめてほしくない。

内股がしびれて、ばたつかせることができなくなった。ご不浄のところがきゅっと疼《うず》いて、なにかでそこを押さえてしまいたくなる。

ミュリエルの葛藤《かっとう》のあいだにも、狼公爵は胸を舐めつづけていた。片っぽが敏感になっていくあいだに放っておかれたもういっぽうの乳房に、手が重なる。夕食のとき感じたよりも荒々しく、ごわつく手は舌よりも不器用に張りつめた肉を揉《も》むが、ぬくもりだけでも充分にミュリエルは感じた。

「ふぁ、あ、ぁん！　だめぇ、もう、揉んでばっかりいたら、大きくなっちゃいそうなの……っ」

お願い、もういっぽうの先端も舐めてほしい……そうしてすっかり敏感になったほうは優しく揉みしだいてほしい。切実な願いを言葉にはできなかったが、ミュリエルが身をよじって舐めてほしいほうの胸を突きだすと、狼公爵はあっけなく願いをかなえたうえに、まだすぼみきっていない乳首を甘嚙《あまが》みした。

「んっ……や、それ痛……ぁ、舌、くすぐって……い、い……ぁ」

軽く嚙まれて充血した粒を、小刻みに舌で転がされる。狼公爵の熱い唇のなかで自分の種が躍るさまを、ミュリエルは全身で感じとっていた。胸をいじられるたび、おへそより下のお腹のなかがきゅんきゅんと疼いて、それがご不浄のところまで広がっていく。きつく閉じてしまわなければ、そこからなにかがとろけだしそう――……。

「バート、さま」

途切れ途切れの息のした、ミュリエルは懇願《こんがん》した。

「お願い、あなたはバートさまなのでしょう……？　もう、胸ばっかり……いじられたら、わたし、変になってしまいます」

足のつけ根を塞いでしまいたい気持ちが急《せ》いて、狼公爵の体を押してしまう――自らの体の、下のほうへ。

ミュリエルの、サンダルからすんなりと伸びた足のあいだからは、いつになく濃い蜂蜜の香りがこぼれだしていた……果実に夢中になっていた狼公爵もそれに気づいて、舌舐めずりする。だけど、果実を手放してしまうのも惜しい――揉みしだいて熟しかけた実は、これからますます熟れておいしくなるものだから。

野生の獣にとって餌は、しっかりとつかんでおかなければ奪われてしまうものだ。

狼公爵は、本能からくる知恵に従った。ミュリエルの乳房を両手でとらえ、しっかりと握りこんでおいてから、つつましく乱れたカートルの裾へと頭を潜りこませる。閉じようとする両腿を首を振ってこじあけ、香りのもとへとたどりついた。

下着の薄絹に鼻を押しつけ、匂いを嗅《か》ぐ。狼公爵の凜々《りり》しい鼻のかたち、唇の熱をくっきりと感じとり、ミュリエルは悶えた。

「いけません……そんな、ところ、嗅いだらだめぇ……ああ」

香りだけで満足するはずもない。狼公爵は舌を伸ばし、薄絹越しに花をぺろぺろと舐めだした。

リズミカルな舌の動きに加え、果実をほぐす動きもおこたらず、円を描くようにゆったりと手を動かす。ミュリエルが恥ずかしさから抵抗しようとするたび、つんとがった乳首をつまみ、体をしびれさせて力を奪ってしまう。

果実と同様に、ミュリエルの花もほころびやすかった。狼公爵との肌の相性がいいせいなのか……こぼれた蜜で下着はあっというまにぐしょぐしょになり、よじれた布が花にぴったりと張りついた。

夜目のきく狼公爵の目には、頼りない絹をまとわりつかせたミュリエルの花が……ふっくらとした丘とささやかな窪《くぼ》み、淡く肉のついた花のつぼみのかたちがはっきりと映る。

この乙女《おとめ》の蜜の味も香りも、まさに蜂蜜そのものだった。やや味わいが淡泊《たんぱく》なのは、蜜を生む花がほころんでいないせいだろう――……この布切れが、邪魔だ。

狼公爵はやおらミュリエルの下着に噛みつくと、すごい勢いで膝もとまでずり下ろした。

「えっ……まさか、……じかに舐めるの――いま、ソースもクリームもありませんわ。お口が、きたなくなってしまいます、から、ぁぁあっ、あっ、い……！」

ちゅる、っと、ぬめりを吸いとる唇。それから舌が花びらを滑り、蜜を舐めとって唇とのあいだを行き来する。

それはソースよりもクリームよりも甘いデザート……最上の蜂蜜だった。

胸に種を実らせたときとは、逆だ……ミュリエルの花は舌が往復するたびにほころび、はじめはなぞるだけだった狭い隙間《すきま》がわずかずつくじられ、奥を塞《ふさ》ぎきついつぼみをくすぐられても痛みはまるでなかった。

ただ、溶けそう……ミルクの海で漂っているように、思考に霞《かすみ》がかかって、なにか考えようとしても思いは途切れてしまう。

（こんなこと……わたし……狼公爵さま……？　バートさまは、なぜ……獣の手……舌、どうして、やめてって、言えない……！）

「ふぁ、ぁ、ぁあん、……んっ、ぐちゅぐちゅって、音……たてないで……」

ゆるんだ入り口は蜂蜜を滴らせるだけの壺《つぼ》となり、いまや最後の秘花までもが舌の蹂躙《じゅうりん》をうけてほころびようとしている。

つぼみは華奢《きゃしゃ》ながら硬く閉じているため、わずかに隙間《すきま》を裂かれただけでも、ぴりっと痛みが走った。

（怖い）

甘いだけではない感覚に身が竦《すく》む。すると狼公爵も反応の違いを敏感に察し、体を横に傾けて、薄く広げた舌が隙間に沿うようにした。

そうしておいて、ちろちろと動かす。端から濡れて、ふやけていく秘花のいまだ咲くことを知らない花びらが狼公爵の舌を挟んで、ひくひく震えた。

生まれてからだれも、触れたことさえないミュリエルのなかに狼公爵のぬめる舌が忍びこんでいる。花よりも熱い湿り気を帯びた肉がほころびをぴったりと埋めていて、異物と自身の境目があいまいだ――と、狼公爵がふいに舌を尖らせ、秘花の奥をうかがった。

痛い……ミュリエルは背をのけ反らせる。ふるん、と揺れた両胸を横から掻き寄せた手が二つの種をつまんだ。

「きゅう……ん、ぁぁん！　こりこりしちゃ、……ふあぁ、なか、熱くなってく……」

　ミュリエルの不浄の場所に顔を埋めた狼公爵は、秘花からずずっと舌を埋めていった。幾重にも重なる襞《ひだ》を一枚ずつ舐《な》めて、ほぐしていく。乙女《おとめ》の花は堅牢《けんろう》なもの――恥ずかしさのあまりミュリエルが逃げようとするたび、両胸をこりこりいじられて腰が砕け、腿《もも》を閉じることは叶わなかった。

　幾枚目かの襞のあいだ……内側から触れればほんのりとざらつくその一か所を舌がなぞったとき、ミュリエルは全身をびくんと震わせた。

「んく……っ？」

　雷に打たれたみたいな痺《しび》れ……これ、なに？　狼公爵もその反応が気になったのか、舌の先端をくるんと丸めて、その敏感な襞のざらつきをじっくりとくすぐった。

「ふぁ、ぁあん！　そこ、しないで！　じわじわって、なにか出ちゃう……！」

　痺れは和《やわ》らぐどころかどんどん重なっていき、より強く揉みしだかれる胸への刺激と溶けあってミュリエルのご不浄の底で溢《あふ》れかけた。針をさしたら弾けてしまう風船のように。

（粗相《そそう》をしちゃうわ……いや、そんなの……！）

　だめなのに、恥ずかしいのに、理性をさしおいて、感情は訴えるのだ。もっと、もっと、もっと……やめないで、もう少しだから、と。

「ぁふ、ふぁ、ぁ、そ……きちゃう、きちゃ……もうちょっと、でぁあ、ふ、ぁあああ――――！」

その瞬間、ミュリエルのすべての花という花が一気に収縮する。狼公爵の舌はその渦に巻きこまれ、かと思うと、奥からどっと溢れてきた濃い蜂蜜に押しやられた。

花に添えていた唇のなかにまで、甘く香る蜜は溢れ、喉を鳴らして飲みこまなければならないほどだ。

狼公爵は考える――花は、存分にほころびた、と。

「……あ……バート、さ、ま……？」

他愛《たわい》なく仰向《あおむ》けになっていたミュリエルは、男が、張りつめきった下穿きの前を開ける仕草をぼんやりと見ていた。その人間くさい動作は公爵の……バートのものかと思われたが――続いて、夜闇に姿を現した猛々《たけだけ》しい雄《おす》のものを目の当たりにして、息を詰める。

なんて大きな、獣……。

欲棒をあらわにし、金の瞳をぎらつかせるこのひとは、まさに狼公爵だ。

尖端を先走りの汁で濡らしたその欲棒がおさまりたがっている場所を、ミュリエルはじんじん痺れる自らの胎内《たいない》で感じていた。

恐る恐る身を起こし、荒々しい獣を見あげる。金の目に満ちているものは、肉欲。食べものを求める心境と同じもの。さっきまでのミュリエルも間違いなく、その欲におぼれてしまっていた……いまだってまだ胸の先はいじられる感覚を求めているし、道筋をつけられた花の奥はなにかで栓《せん》をしてほしがっている。だけど、

「……いけません」

ハニーブロンドを横に揺らした。後悔で、眦《まなじり》に涙が浮かぶ。

「わたし、あなたの花嫁ではないのですもの……狼公爵さま。わたし、違うのです。あなたはあなたの花嫁を愛してくださらなくてはいけませんわ、だから……」

狼公爵が巨体をかがめ、ミュリエルの肩にそっと手を置いた。破れたネグリジェのせいで肩まで剝《む》きだしになった姿は、夜に咲く睡蓮《すいれん》の花のように可憐《かれん》だ。

（わかってくださったの？）

期待に満ちて小首を傾げ、あどけない無防備さはかえって雄を煽《あお》りたてる……金の目にぎらりと危険な光を宿らせた狼公爵は、ミュリエルの肩を押してうつぶせにした。足首をつかんで腿を開かせ、お尻の双丘《そうきゅう》をわしづかむ。

「ああっ……」

乳房を地面に押しつけられたうえに尻肉を押しあげられ、いやいやと首を振れば、柳腰が揺れて腿の白さがちらつく……男を誘う仕草だ。中身が充分に熟れている証拠に、肉の隙間には濃い香りの蜜がまだ滲《にじ》んでおり、ほのかに光を弾いてめしべの位置を知らせる。

狼公爵は迷わなかった。ほころびた花に男根をあてがう。

晩餐のときと同じだ……また、あの重みがくるのではないかという恐怖。だけれど、充分にほころんだミュリエルの花びらは、くちゅりと緩《ゆる》んで先端を咥《くわ》えこんでしまった。

「嘘……痛くな、く、な――……ぁ、い……ア」

そこだけでも充分な大きさを感じとっていたが、続けて男が体重をかけ――めりめりと奥に進んでいくと、裂ける痛みとものすごい量感のために陸《おか》にあげられた魚のようにぱくぱく口を喘《あえ》がせた。

「ア……………――――――――！」

悲鳴をあげられれば、いっそ楽だったかもしれない。けれどいまにも死んでしまいそうな衝撃のなかでは声帯を震わせることすらかなわなかった。ただ、涙がぼろぼろこぼれる。悲しいのは、純潔を失ったことではなくて――その相手が、ミュリエルを好きではないということ。

狼公爵の動きがとまる……襞の一つ一つを限界まで引きのばされたそこは、もう少しだってなにかを受け入れる隙間はない。狼公爵が小刻みに腰を動かそうと試みても無駄だった。

「い……いた、い……無理、もう……入らな……」

双丘《そうきゆう》をつかんでいた手が、二人の結合部に触れた。痛々しいまでに開ききった花びらは触れられても痛みしか感じなかったが、花の上部にあるごく小さな花芽の膨らみを軽くつつかれたとき、きゃっと叫んだミュリエルの内壁が収縮した。

縮むということは、開く余地があるということ。包皮に覆《おお》われたそこを狼公爵の指が円を描くようにくすぐる。そのたび、きゅ、きゅ、っと雄を締めつけた内壁に血が通い、ほんのわずかにできた隙間を滲《にじ》みだした蜜が満たして、滑りをよくした。

再び、狼公爵が腰を進める。

「ン、あ……！」

ミュリエルは抗《あらが》いたいのに、花の膨らみをいじられると内側の抵抗が緩んでしまうのだ。勝手に溢れだした蜜と、破瓜《はか》の血が混ざりあったものが狼公爵の指のあいだを縫《ぬ》って、地面にしたたる。うつぶせのミュリエルには、そのさまも見えたし、雫《しずく》の音も聞こえた。

ねじこまれていった欲棒の先端が、最後の抵抗を破る。槍のような先端が切り裂いたあとを欲棒の残りが、ず、ず、ず、と突き進んでいく。狼公爵が花と背中から手を離し、ミュリエルの双丘を押し広げながら一気に思いを遂げた。

ミュリエルの体のいちばん奥に、狼公爵の熱がぶつかる。欲を滲《にじ》ませた雄の先端が小箱の入り口をえぐり、きつく閉じているとわかるとわずかに退き、また深くえぐった。

「ふぁ、ァ、ぁっ、奥……だめ、そこっ……赤ちゃん、できちゃうとこ……ぅ！」

おぼこいミュリエルでも、狼公爵がえぐってくるお腹の深いところが女性にとってどういう場所であるか理解していた。愛する人との子供をはらみ、育てていくところだ。

「いや、いや、いやぁ……もう、深く、しないで……壊れちゃったら、赤ちゃん、できなく……な、ァ、ふぁぁん！」

狼公爵の手のひらが左右からミュリエルの胸を持ちあげ、乳首をつまむ。背中を反らせたミュリエルは狼公爵の力強い腕に羽交い締めにされながら、なおもいっそう深く貫かれた。

欲棒の滑らかな先端が、小箱の閉じ目を行き来する。

「ぐりぐりって、あたって……深いの、息、できな……揺らしちゃ……」

（あ……）

狼公爵がミュリエルに重ねた腰を、舟をこぐように揺らす。未熟な少女の下腹を内側から男根が押しあげ、前後するさまが、薄い肉を通してくっきりわかった。

（わたしのなかで、狼公爵さまが）

擦りあげて、脈打って。

（……つながっているの）

とくん、と、ミュリエルの鼓動が狼公爵の脈に溶けた。重なっているからだ。これ以上、二人を隔《へだ》てるものはなにもないのに――なにに対して抵抗できるというのだろう。

（気持ちいいのに）

許されない理由がなんだったのか、思いだせない。

狼公爵がミュリエルの手首を引っぱりながら、後ろから突きあげた。

「あ、ぁ、ァ、あ、ァ」

ハニーブロンドが揺れ、蜂蜜の香りがあたり一面に漂う。狼公爵もその香りに酔いながらただミュリエルに溺れる。のけ反ったミュリエルは狼公爵の胸板に手をつき、自らも体を揺らした。瑞々《みずみず》しい乳房も先端をとがらせながら、揺れにあわせて弾む。

とん、とん、と、なにもかも波打つ……生きものの営《いとな》み。

「ハ、ぁ……狼公爵さま……いい、とても、気持ち」

「……ン……クッ……」

ずっとなにも言わなかった狼公爵が、はじめて小さなうめきを洩《も》らした――彼も少しは感じてくれているの？

ミュリエルが振り向き、その目を見つめたのと同時に、揺さぶりあげる腰の動きがより激しさを増し、ミュリエルは掻きたてられた熱の奔流《ほんりゅう》で瞼《まぶた》の裏が赤くなった。

「アッ、ぁ、や、あぁ！」

押し寄せてくる期待のたどりつくところ。そのとき自分がどうなってしまうのか——ついさっきはまだ、めくるめく期待の入り口をのぞいたのに過ぎなかった。いま、狼公爵によって目覚めさせられた雌《めす》の本能はより大きく強い波を求めていて、呑《の》まれたら二度と目覚められないかもしれないという恐怖さえ感じるのに、逃げたくない。

「わたし、わたし、このまま……っ」

ミュリエルは狼公爵の牙のお守りごと胸板をかきむしり、背中を反らせて快楽におぼれた。

「きちゃう、どこかにとんでいっちゃう……！　バートさま——狼公爵さま——わたし……ァッ……あ、ァああ————……！」

「……ッッ！」

どくん！　と——下方から押し寄せてきた熱の感覚が、ミュリエルを最後の高みまで押しあげた。

白い光が、弾ける——……。

遠くなりかけた意識のなかで自分のなかに狼公爵の体液が注がれていくのを感じる。それは濁った波で、どくん、どくん、とあとから押し寄せてくる……びくびくと跳ね続ける雄の先端が、蜂蜜壺を掻《か》きまわすと、くちゅくちゅという刺激にまたミュリエルは軽く達した。

「ふァ……ぁ、ぁ……ん」

（もう、お腹いっぱい）

そして、幸せな気持ちなのに――……どうして、涙がこぼれるのだっけ？

すすり泣くミュリエルを見おろしていた狼公爵が、萎《な》えていてもなお硬い雄を花から引き抜いた。手が、差しのべられたような気がする……眠りに沈んでいったミュリエルは、ふわふわと揺れながら運ばれていく自分がいったい、だれの腕のなかにいるのかわからなかった。

人間は、花びらに包まれたひとを切り株に残していった。

そこは銀狼の玉座だった。

なんぴとたりとも、獣も、踏みつけにすることは許されない。

王の権利を侵すものは食い殺されるべし。

それが森の掟《おきて》だ。

そばの木で牙をとぎ、振り向くと、花びらのひとが起きあがって銀狼を見ていた。

にこにこ笑いながら、蜂蜜に濡れた指をさしだした。

「甘いのは好き？　舐《な》めてみる？」

甘いものは、きらいではない。

銀狼は身をぶるりと震わせ、切り株に近づいた。

ぺろぺろと手指を舐めてくる狼は、愛らしかった。

とても大きな体軀《たいく》に、銀の毛並み。フロランシアはそれの首を撫でてやりながら訊ねた。

「もしかしたらあなたが銀狼かしら。森の王？

だったらわたしはあなたにお願いしなきゃならないことがあるの。

わたしはオーク王の王女、フロランシア。

どうかわたしをあなたの花嫁にしてください」


銀狼はひとの言葉を解する。

花嫁だと？

彼女はひとで、私は獣ではないか。

このひとは獣の花嫁になりたいのか。

＊

アルバート・バーソロミュー公爵の朝は、熱いハーブティーからはじまる。

広間と部屋続きの執務室で、窓の外を眺めながらフェンネル、ローズマリー、チコリの根……森で採取したハーブを煮だしたこの一杯を味わうひとときは、常に眠りが浅く強《こわ》ばった体と心をほぐすために欠かせないものだ。

（それでも今朝は、ずいぶんとすっきりしている）

まるで久しぶりの狩りのあと——狩猟は公爵の唯一の趣味だ——熟睡した翌朝のように。

体は軽いし、心もまた不思議と満たされていた。

なぜだろう……考えながら、ハーブティーを一口する。

（待ちかねた花嫁に拒《こば》まれて、傷心だったはずなのに。美しい王女を諦め、呪いを受け入れて生きる覚悟がついたのか、アルバート？）

美しい、ひとの、花嫁……オーク王の王女、ベリンダ。

バートは執務机の正面にかけているその肖像画を眺めあげ、溜息をついた。そして思うのは——この絵を描いた肖像画家はとんだヘボ野郎だ、ということ。

あのハニーブロンドをこんなに濃い金髪に塗りたくるなんて。それにこの絵のなかの女性は性格がきつそうで、あのひとの美点がちっとも描ききれていない。

本物の王女は肖像画からバートが思い描いていたよりもずっと——少女らしいひとだった。可憐で愛らしく……バートの理想に限りなく近いひと。ひと目見ただけで、心が舞いあがってしまったのを否定するつもりはない。

そのぶん、彼女が自身の義務を拒んだときの失望も大きかったが……考えてみれば十代の少女が結婚を怖がるのは当然のことではないか？

その相手が呪われた公爵ともなればなおさらだ。

バートは短気を起こすよりも先に、あのひとの話に耳を傾ける努力をするべきだった。

なのに、自分のとった行動といえばどうだ？

王女がせっかく身にまとってきてくれた贈りものの衣装を剝《は》ぎとり、みすぼらしい服に着替えさせようだなんて……飴《あめ》と鞭《むち》を与えて猟犬を飼いならす真似《まね》でもするつもりだったのか？

おのれのなかの獣さえも、飼いならすことができないくせに。

（銀狼よ……なぜおまえはバーソロミューの血筋を呪いながら、同時に王女との結婚を約束させたのだ？）

胸のお守りに手をあてて、思う。これはバーソロミュー公爵の先祖の牙。誇り高い森の王者はかつてオーク王の右腕として建国に力を尽くしたが、その後……。

ぱちゃり、と水の跳ねる音に驚いた。

「……きゃっ」

小さな悲鳴。執務室の扉にもたれているのは、見慣れない召使――ではなくて、オーク王女だ。ほかの召使たちと同じお仕着せに着替え、木靴《きぐつ》を履《は》き、しおれた花のようにくったりしている。

「どうされた！」

「あ……」

それこそ花が開くように……彼女は首をもたげて可憐《かれん》に、バートを見あげた。

その表情に、胸を衝かれた――目が真っ赤に腫《は》れていたからだ。

明らかに、泣き腫らした目……なのに、一夜のうちに少女は夜露に濡れた薔薇《ばら》が咲きほころんだように美しさを増していた。

もともと瑞々《みずみず》しかった頬《ほお》はより透明感を帯び、桜色に色づいた頬が目元をひきたてている。

赤い唇が震えた。

「バート、さま？」

彼女の心臓の鼓動が伝わってきそうだ。なぜ？　そんなにも俺が恐ろしいか？

バートはあえて冷ややかに言い放った。

「こんなにはやくに王女ともあろうかたが、どうなさった」

「あの……洗面の、お手伝いを」

明らかにほっとしたような——それでいてがっかりしているような。

王女は洗面器に水差しと手拭いを入れて抱えてきていた。バートはまた、苛立つ。

「そんなことをしなくてもいいと言っているだろう！　だいたいその格好もなんなのだ、召使の真似など……厭味《いやみ》か」

「いいえ？　わたしがお願いしたのです。どうしてもあなたのおそばにあがりたかったので……身のまわりのお世話のお手伝いをさせてくださいと、執事さんに」

執事がまた余計なことを……というのはともかく、

（そばに、来たかった？　……彼女が私の？）

少年のようにどきりとしたが、素直に喜んでしまうとまた傷つく羽目に陥《おちい》りそうだ。だいたい、泣き腫らした目をした女性から甘い言葉を期待できると思うほうがおかしい。

バートは顔をしかめて洗面器を受けとり、ますます意固地《いこじ》になった。

「待遇をもっとましにしろという訴えか。意志が強くて結構なことだな……王女殿下、昨夜はさぞ寝苦しかったのだろう？」

かまをかけてみたのだが、

「え……」

返ってきたのは、強《こわ》ばった表情……一睡もできなかったのか。

こんなところに送りこまれた辛《つら》さから、枕を涙で濡らしたのか。

このひとにとってはやはり、バートとの結婚が苦痛にしかなり得ないのか！

洗面台に洗面器を叩きつけて置き、顔を洗った。手拭《てぬぐ》いを探すと、これもまた王女が手ずからさしだしてきたため、むしるように受けとった。

かいがいしい素振りを見せても無駄だ。どんなに健気《けなげ》に振る舞ってみせたところで、結婚話を反故《ほご》にはしてやれない。

それにしても、だ——手拭いの隙間《すきま》からちらちらと王女を見て、思う。

このひとは、どうしてなにを着ていても愛らしいんだろう？

カートルの裾《すそ》から伸びる白い脛《すね》はまっすぐで、靴下《くつした》の縁どりがほっそりした足首を柔らかく包んでいた。見えそうで見えない膝小僧がもどかしい。上着の袖がきちんと肘まで覆《おお》っていても、手首まで素敵なのだからいっそ全身を袋にでも押しこんでおいてくれ！

（そうでなくては、また理性が飛んでしまうではないか）

間がもたなくて手拭いをかぶっているバートに、

「……あの……公爵、さま？」

バートでいいというのに！

ハニーブロンドをきらきら輝かせているくせに、憂《うれ》いを帯びた顔。理性が飛ぶどころか壊れてしまいそうな予感さえある。

（落ちつけ。このひとは呪いを煽《あお》るのではなく、破ってくれるひとのはずだぞ？）

自らに言い聞かせながら、バートは早口で言った。

「あなたがなにをおっしゃりたいのか、わかっているつもりだ。確かに――王女ともあろうかたが召使同様の暮らしでは身も心も持つまい」

「いいえ、まさか」

きょとんとして答えたあと、遠慮《えんりょ》がちに微笑《ほほえ》んで、

「おいしいお食事も与えていただきましたし、あたたかい部屋も、服も、充分によくしてくださっていますわ。身体《からだ》も……思ったよりは、その……平気、です」

熱でもあるのか、蜂蜜の香りが昨日よりも濃くて、くらくらする。

「ですけれど……公爵さま？」

身は平気でも、心は耐えられないと言いだすのか？　あどけなく見あげてくる空色の瞳を見つめ返していると、くらくらする。頭の芯のあたりがずきずき痺《しび》れ、聴覚が敏感に、森のどこかで跳ねまわっている同族の足音をとらえるのと同時に、声が、聞こえてくるのだ。

ひとではないものの声が、くり返し、バートに命じる。

――獣ニナレ、獣ニナレ、オマエノ意識ヲ食イツクセ。

――獣ニナレ、あるばーと。オマエノ代デ、ヤット望ミガカナウ……。

「……黙れ！」

強く命じると、声は消えた。意識が痺《しび》れから解放され、ほっとして目を開いたが……王女は赤い唇を結び、悲しそうに眉根《まゆね》を寄せている。

……いま、俺は口に出して命じたか？

しまった、と思ったものの、言い訳には意味がないと思えた。

だいたい自分は、婚約者の顔を真っ正面から見つめていることさえできない――我を忘れるのが怖いから。我を忘れたら自分は獣になり、獣に彼女を奪わせてしまうだろう……こんなにも惹《ひ》かれるひとを、獣のいけにえに。

そんなひどいことができるものか！

苛立《いらだ》ちが頂点に達し、拳を壁に叩きつけた。王女がはっと息を呑《の》む。

「提案させていただきたい、ベリンダ王女？　……あなたがどうしても私と結婚をしたくないのなら、私とて、無理強《じ》いをすることであなたを傷つけたくないと思う」

「無理、強い……？」

小首を傾《かし》げて、バートを見つめるその仕草。さくらんぼのような唇を言葉ではないもので塞いでしまえたら、どんなにか……。

「そうだ。だが、私はバーソロミュー公爵のつとめとしてオーク王の王女と結婚しないわけにはいかない。百年に一度の誓約を違《たが》えることは、家の名誉に関わるのだから……そこで、提案だ。あなたがいやならば、ほかの姫を寄こすようにお父上を説得してくださらないだろうか？」

驚愕《きょうがく》に見開かれる、空色の目。

「いらっしゃるのだろう？　ほかにも王女が」

婚約が調う前に聞いた話では、ベリンダ王女には姉が一人、妹が二人いたはずだ。一人は病弱で宮廷にいないと聞くが、それでも一人は残る。

（あまりか弱いひとを寄こされるのは困るが……いや、いっそ、抱く気にならないほど弱々しいひとを寄こしてもらえるほうが、理性を保てるかもしれないな）

王女が深くうつむいた。ハニーブロンドが近い。蜂蜜が香ってくる……彼女はどうして、こんなふうに甘い匂いを立ちのぼらせたりできるんだ？

呼吸すらとめて返事を待っていると、小さな頭がふるふると左右に振られた。

「……一人の姉はもう嫁いでいますし、末の妹も、まだ小さいのですが婚約しています。わたしだけなの……代わりは、もういません」

病弱な妹は数に入れられないらしい。

「だったらあなたはこのまま、狼公爵のそばで絶望とともに生きることになるぞ」

思わず強く言うと、可愛《かわい》らしい両手がかたく握りしめられた。

「狼公爵さまが怖いのではありません。わたしをうちのめしたのは、たったいまのあなたのお言葉です……バートさま、これから……わたしはどうしたらいいのでしょう？」

涙がいっぱいの目でバートを見あげ、空色の瞳からしずくがぽろり、こぼれる。どうしてやったらいいのか、教えてほしいのはこちらだ。彼女にあとがないというのなら、そしてバートを愛してくれないというのなら、いったいなにをしてやれるだろう。

「……」

「……すみません」

ぺこりと会釈《えしゃく》して、部屋を出ていく。ぱたぱたと駆け去っていく足音を聞きながら、ベリンダの心のうちをおもんぱかろうと努力した。

あとがない彼女が、あそこまでこの結婚を拒《こば》むのは——なにか理由があるからでは？

……彼女にはもしかして、すでに心に決めた相手がいるのではないか？

Les potage（スープ料理）✦ 嫉妬を利かせた口づけと二種の交歓

「――……うわぁぁあん！」

城を駆けだして、森に逃げこんで――たとえそこに狼がいるとしても、ひとがいないところに行きたくて――大きな木に行く手を塞《ふさ》がれたミュリエルは、その幹にしがみついて子供のように泣きだした。

「うあぁん、ぁあん、えーん、えーん……っ」

……はじめてだったのに！

あんまりだと思う。あんまりではないか？　バートは今朝も、昨夜と同じように牙のお守りをつけていたし、引きしまった胸板にうっすらとみみずばれが……ミュリエルの爪あとが残っていた。あのひとに間違いないのに、昨夜のことなどまるでなかったかのように、よそよそしくて。

甘い言葉がほしかったとは言わない。

だけど、せめて、せめて……一言でいいから、昨夜のできごとについての彼の気持ちを……後悔しているのかしていないか、それだけでも話してほしかった。

……夢だったなんて、思えない。

今朝、ミュリエルはベッドの上で目覚めた。ネグリジェの襟《えり》がほころびているほか服装に乱れたところはなく、体にも、傷一つついておらず……なにもかも夢？　と思い、ぼうっとしながら身を起こしたとたん、お腹のなかをとろりと異物が漂うのを感じて……床に足をつくと腿《もも》のあいだにほんのり血の混ざった白濁液が糸をひいて滴《したた》った。

（夢ではないの）

その証拠に、いまだってミュリエルの花はぽっかりと口を開いたまま疼《うず》いている……それを埋めてくれた熱いものが忘れられなくて。

（バートさまは忘れてしまったの？　それともはじめから覚えていらっしゃらないの？　昨夜の食卓でわたしを食べようとなさったときと同じように……あの金の目をなさっているときと、深緑の瞳の公爵さまは別のかたなの？）

同じひとに、二つの心が宿っている？　……そんなことがあるのだろうか。もしもそうだとしたら、ミュリエルはいったいだれに乙女の花を捧げたことになるのだろう。

（ベリンダになんて言ったらいいの）

ことはミュリエルだけの問題ではなく、ベリンダの名誉にも関わってしまう。なんといっても公爵は——きっとどちらの目の公爵も——ミュリエルをベリンダだと思いこんだままなのだから。純潔を散らされたのが姉王女のほうではないと、いつか、どこかで明かさなければならないときがくるはず。

――……ミュリエル。

友だちのことを、ふいに思いだした。大事な友だちの……コリンが、自分を呼んでいるような気がする。

（そうよ、ともかくいったんはハニーポット・ヴィルに帰らなきゃ。わたしはもうこれ以上なにをどうしていいのかわからないんだもの。ベリンダに相談して、コリンにも……）

「……ミュリエル！」

小さく、強く呼ばれた。馴染《なじ》んだ声であるはずなのに、肩をつかまれたとたん驚いてしまって――ミュリエルはその手を振り払う。

「きゃ……っ」

「しぃっ……落ちついて。僕だよ」

僕？　それはだれ。根気強く呼びかける声に、おそるおそる目を開けると……茶色の髪とどんぐりの目をした少年が、ミュリエルを心配そうにのぞきこんでいた。大きな木にもたれかかったミュリエルを包みこんで、守るように。

まさか、どうして。

「……コリンなの？」

「うん、そう。僕だ」

「どうして……ここに？　だって、村にはベリンダが……」

「ミュリエルになりすました女のことなんか知らないよ。ただきみが……昨日、馬車に乗るとき僕のほうを見ただろう？　助けて、って……聞こえたんだ。だから追ってきた」

彼はわかってくれた……ミュリエルの、声にできなかった言葉を、コリンだけは聞きとってくれたのだ。さっきまでとは違う、温かい涙に胸が詰まり、両手で顔を覆《おお》った。

「ありがと……ありがとう、コリン。すごく、嬉しい……」

「よかった」

どんな宝物よりも素敵な、大切な友だち。世界じゅうの宝石を集めたってコリンよりもきらめく心の持ち主はいないだろう……と、ふいにその友だちがミュリエルを抱き寄せた。

「もう……二度と会えないかと思った」

「コリン？」

友だちの背が伸びたのは知っていたけれど、ミュリエルをすっぽりと包みこめるほど腕が長かったのは知らなかった。平たい胸が見た目よりがっしりしていることも……だけどそれは、ミュリエルが思うひとの胸板よりも、薄いらしいことも。

「あ——ごめんよ、つい」

コリンはすぐにミュリエルを放した。自分のしたことに照れているように、顔を赤くしながら、

「まにあってよかったって、ほっとしてさ……森から引き返す途中の兵士たちが、狼公爵がベリンダ王女をひどく扱わないか心配だって話しているのを聞いたんだ。村にいるほうがほんものベリンダなら、きみはそのひとの身代わりとしてここへ送られたのじゃないか？」

なんてこの友だちは聡明なんだろう……王女のミュリエルよりも、ずっと。感心しつつもさすがに王家の内情に関わることなので、正直に認めることはできずにいると、

「逃げよう」

コリンが手をさしだした。コリンの手は、あちこち蜂に刺されたあとがあって、でこぼこしていて――だけど頼もしいのに。

「地の果てにだって一緒に行って守ってあげるから……きみは、きみを求めているひとの花嫁にならなきゃだめだよ」

ほんとうにコリンは聡明で――いまのミュリエルの気持ちをあっというまに言い当ててしまった。

アルバート・バーソロミュー公爵はミュリエルを求めていない。彼が待っていたのはベリンダ王女。だから、こんなにも苦しくて……後悔してもしきれないことをしてしまったことが、ただ悲しい。

「ごめんなさい、コリン……」

ミュリエルが謝ると、コリンは顔色を変えた。

「まさか、もう、狼公爵と結婚してしまったのか?」

「結婚はしていないの。でも」

「婚約はした?　……そうじゃないね、まだ逃げられるところにいるのだったらそんなふうに泣くはずはない。狼公爵は、まさか……――きみを手に入れてしまったのか」

かあっと全身が熱くなった。どんな返事よりもわかりやすいミュリエルの反応は、常に穏やかであろうとつとめていたコリンさえ逆上させる。

「なんて、ひどい……そいつ、ぶっ殺してやる！」

「待って、コリン！　バートさまには言っちゃだめ！」

深緑の瞳のときのバートと、金の目の狼公爵の心は違うのかもしれない。だとしたら、片方を責めたところでなんにもならない。

城へ向かおうとするコリンに後ろから抱きつき、必死で引きとめる。

「どうしてとめるんだ！　きみは、本気で公爵に嫁ぐつもりなのかっ？」

「違うわ！　そんなこと思っていない！　ただ……」

コリンが来てくれたことでかえって、自分がほんとうにここから逃げだしたいのかどうかさえ、自信がなくなった。ミュリエルのなかに深く刻まれた公爵の記憶はハニーポット・ヴィルに帰ったところで消せないし、狼公爵が王女を抱いた事実も消えない。

（バートさまは、もうわたしの『ベリンダ』に愛想を尽かしてしまったけれど、王女と結婚しないわけにはいかないのだもの……わたしがいっそ、ほんもののベリンダになれたらよかったのに）

コリンが立ちどまる。ミュリエルは友だちの背にしがみついたまま地面にくずおれた。昨夜からの疲れと、絶望で、もう立てない……ハニーブロンドを揺らした風が、ごく低い男の声を運んできた。

「これは、これは」

と……。

のりの効いた清潔なシャツをまとい、黒灰色の髪を風になぶらせ、青白い顔にかかるのにまかせたその姿は——まわりの空気が揺らぐほど怒りの気配を漂わせていた。

その相手を、コリンは強い目で睨《にら》みすえる。

「狼公爵閣下ですか、あなたが」

「ひとに訊ねる前に、まず自分の名を名乗るのが礼儀だと思うがな……もっとも」

つかつかと歩み寄ってきた公爵は、いきなりコリンの襟をつかんだ。背丈は公爵のほうが高く、軽々と持ち上げられたコリンはあっけなく地面に投げだされる。

狼公爵……アルバート・バーソロミューの深緑の目の奥に金の点がちらついた。ミュリエルは息を詰めたが、バートは村の少年ごときのために理性を失うことはなく、冷ややかに、かつ激しく言い放った。

「ひとの妻に手を出そうとする間男《まおとこ》の名など『下衆《げす》』でじゅうぶんだ。八つ裂きにされたくなければいますぐに立ち去れ！」

……なぜ怒るの？　あなたはさっき、別の王女を寄こすようにと言ったのよ——誇りが傷つけられたのが気に入らないから？

「彼女はあなたの花嫁じゃない」

衣服の泥を払って立ちあがるコリンの瞳もまた、怒りに燃えていた。

「僕が下衆だというなら、あなたはなんだ、獣か？　彼女がどういうひとかも知らずに傷つけたりして。僕のこの子は決して、こんなふうな陽のあたらない場所で生きるべきひとじゃないんだ。このひとは――……」

「コリン！」

ミュリエルはようやく声を絞《しぼ》りだして、幼なじみをとめた。首を横に振り、どうか言わないで、と目で訴えかける。

「なぜだ。こいつはきみを」

「……口をつつしみなさい」

わかってほしいのに――これしかないの？　ミュリエルはよろよろと立ちあがり、バートの傍《かたわ》らに立った。

気取っていて心のこもらない、宮廷言葉を絞《しぼ》りだす。

「わたくしは王女です。そしてバーソロミュー公爵は陛下の重臣です。あなたが軽々しく口を利《き》いていいかたではないの。だからもう……帰りなさい」

そうしてくれなきゃ、ミュリエルには彼を庇《かば》うことさえできない。

ミュリエル、と呼びかけた唇をコリンは噛《か》みしめた。賢い少年なのだ。ミュリエルの思惑を理解できないはずもない。

どんぐりの目が大事な少女を見つめ、バーソロミュー公爵を見あげ……、

「……ばかみたいだ」

と、そっぽを向く。遠ざかっていく背中が涙で滲《にじ》んだ……危険をおして会いにきてくれた友だちなのに……コリンとはずっと仲良しでいたかったのに！

（ただ、わたしのためを思ってくれただけだったのに）

ほろほろとこぼれるミュリエルの涙が途切れるまで、公爵は黙ったまま同じ場所にたたずんでいた。ミュリエルが泣きやみ、いたたまれなくなったころ、

「恋人を去らせたということは、あなたが私を選んだと考えてもいいのだろうか？」

バートが肩に手を置いた。ミュリエルは姉の婚約者の顔をみあげる――表情にまだ不穏さがあるものの、眼差《まなざ》しは深い静けさに満ちており――たとえそれが怒りを底に沈めていたとしても――ミュリエルは彼の優しさを思い知る。

このひとは、コリンを見逃してくれた。彼の城の敷地に入りこみ、暴言を吐いた子供を。

「……コリンは恋人ではありません。幼なじみの、大事なお友だちなの」

「なるほど――……お友だちよりはあなたのほうがかしこかったとみえる。身分違いの恋のことなどとうに諦めておいでなら、まだ……私にも分があるのか？」

大きな手のひらがミュリエルの頬《ほお》を包みこんだ。分とはなに？　空色の目に苦しげな若者の顔が映り、やがて深緑一色に覆われ……バートがミュリエルの唇に自らのそれを重ねた。

「ふ……！」

昨夜以来……深緑の目のときにするのは、はじめて。緊張のあまり結んだミュリエルの唇をなだめるようにバートの舌先がなぞり、上唇、下唇と、順番に吸われた。

小鳥がついばむように、丁寧《ていねい》なキスだった。

「あ……は、ぁ……ちゅ、ん……く……っ」

ミュリエルのかたちよく揃《そろ》った歯列を、バートの舌先がくすぐり、こじあけられると、舌と舌が濡れて重なりあって擦れあった。

「ァ……バート……さ……どう、なさっ、ぁ、うん！」

声をあげようとすると、口を塞がれる。息が落ちつけばまた舌をなぶられ、唇の裏側をちろちろとくすぐられた。ぞくっと走る快感に昨夜の悦楽が蘇《よみがえ》りかけ、ミュリエルは全身を強《こわ》ばらせてしびれを抑えつけた。

（だめ……いけないわ、このかたはベリンダの婚約者。狼公爵さまのことも、覚えては、いらっしゃらない……あ、でも……）

触れあう部分の馴染《なじ》みかたは同じ。ミュリエルを酔わせる心地よさは似たものだ。

……？　だけれど、キスは、雄《おす》と雌《めす》がつながりあう行為よりは穏やかな行為
バートが首を傾け、ちゅ、と音をたてて顔を放す。吸いつきあう唇はまだ唾液《だえき》の糸でつながっていた。互いのそれを、こくん、と喉を鳴らして呑みこみ、それが、口づけの終わりの合図となった。

バートは静かにミュリエルを見つめる。

「……、ぁ……の」

「こうできるのは婚約者の特権だ。貴族だからではなく、な……」

婚約者の、ベリンダの。

「卑怯《ひきょう》だと、おっしゃりたいならそう言えばいい。だがあの少年があなたの信頼と、過去の時間を得ているのに比べて私の武器はこれしかない。あなたを本気で私に嫁ぐ気にさせるために、ほかにどんな手段があるというんだ？」

では、ミュリエルが受けとったものはなに？　コリンとの会話を聞いていてなお、このひとはミュリエルをベリンダだと信じているらしい。

「コリンを……あなたが気になさることはありません」

「気にならないわけがないだろう！」

そっぽを向いて言い放ったバートだが……横目でちらちらとミュリエルの様子をうかがい、ぶっきらぼうに手をさしだす。

「傷ついたのはお互い様だ。だから、謝らない――……城へ戻ろうか」

ミュリエルはその手をすぐに取らず、バートを見つめる。せめて、これだけは確かめておかなければ……。

「公爵さまは、昨夜なにがあったのか覚えていらっしゃらないのですよね？」

「昨夜？　食卓でのことか、あれなら」

そのことではない――……ハニーブロンドが横に揺れると、バートの顔色が蒼ざめた。

「まさか――……夜半に私の姿を見たのか？　あなたは私の寝室をのぞいたのか！」

「違うわ、のぞいたりしていません！」

恐ろしい剣幕に圧されて言うと、まだ「ほんとうか」と疑いつつ、バートはミュリエルの首を締めんばかりだった両手を下ろした。拳をかたく握りしめる。

「ならば、言っておく……夜半の私の姿を見ていいものは、私の妻となるものだけだ。あなたにまだその覚悟がないならば、夜はかたく目を閉じ、耳を塞いでおけ。それが御身のためだ――いいな？」

「……」

唇を噛んでうつむくミュリエルに、再び手がさしだされた。無言の圧力に、こわごわその手のひらに手を重ね……引っぱられる。バートの胸がミュリエルを受けとめ、すくいあげるように横抱きにした。

「ぁ……」

「あなたを一人残していったら、だれに連れ去られるかわからないからな」

ぶっきらぼうな思いやり。

（……おんなじ）

腕のたくましさ、胸板の広さ、ぬくもり……それはもうミュリエルが知ってしまっているのだ。

これを忘れなければいけないの？

ミュリエルはもう、見たのに、聞いたのに……バートの妻しか知ってはいけないものを……感じてしまったのに。

そのあと、一日は淡々と過ぎた。

ミュリエルは召使の仕事を手伝い、用があれば公爵の執務室にも訪ねていったが、公爵はもはや「そんなことをするな」と言っても無駄だと悟ったのか、黙ってミュリエルの淹《い》れたお茶を飲んだし、飾った花を眺めた。ただ、時々唇を見つめられる気配があって、

「……」

かたん、と音をたてて公爵がカップを置いたり、椅子《いす》から立ち上がろうとすると、

「……」

ミュリエルはそそくさと彼のそばから離れた。

「……失礼いたします」

深くお辞儀《じぎ》をすれば、ハニーブロンドが赤くなった頬を隠してくれる。もちろんそのときは、ミュリエルもバートがどんな表情をしているのか——切なそうに婚約者を見送る眼差しなど——見えないわけだけれど。

（お顔を見たら、うっかり話してしまいそうだもの）

ミュリエルはミュリエルだと——……あなたが口づけをした相手はわたしです、あなたが待っていたベリンダではなくて、できそこないの余りものの王女のほうなんです、なんて。

知ったらきっと、公爵は後悔する。キスする相手を間違えたとわかって、怒られるならまだ

しも、謝られたりしてしまったら、ミュリエルは立ち直れなくなりそうだ。

だから……真実を明かすのは、もっとあと。ベリンダと彼が結ばれてしまってから。その前にミュリエルはもう一度、あの狼の公爵を見て、会って……あれがバートと同じものであり、決して恐ろしくはないひとなのだと確かめておこう。

そして、ハニーポット・ヴィルに帰ろう。

ベリンダを安心させるために……確かめる、だけ。

(それだけ……なの。ほんとよ)

言い聞かせる胸がときめき、膨《ふく》らみの先端がうずく。ミュリエルはいつか、夜が来るのを待ちわびている自分に気づきはじめていた。


銀狼の目は、金の目。オーク王の王冠よりも輝く目だ。

フロランシアは狼の凛々《りり》しい顔を両手ではさみ、くり返した。

「わたしを花嫁にしてください、森の王。

……それがお父様のご命令だけれど、あなたにはご迷惑かしらね。

あなたのように美しい獣には、ふさわしい花嫁がたくさんいらっしゃるでしょうし。

わたしはオーク王の娘のなかでもいちばん不器量なのですから。

花嫁にできないのなら、食い殺してください。

……それもお父様のご命令ですが、やっぱりあなたにはご迷惑ね。

その素敵な牙は、ひとの血などで汚すものではないわ。
どうかわたしに住処《すみか》を与えてください。
ひとに見つからずにすむような住処を。
わたしはそこでおとなしく暮らします。
あなたのお役にたてる仕事をくださったら、なおいいのですけれど」

銀狼はひとの愚かさに笑った。
このひとが不器量だと！
ひとの目は節穴《ふしあな》か！
たっぷりした蜂蜜色の毛並み、滑らかな白い肌。
汚れを落としたフロランシアの姿は、確かに見違えるほど美しかったのだ。

＊

『ハァ、ハァ、ハァ……』
あれは夏の夜――……夜半から激しい雨が城に打ちつけ、いつもなら聞こえる召使たちの気配もなにも聞こえなかった。
バートは五歳――か、もう少し幼いころ。世界じゅうに自分一人しかいなくなってしまったような感覚に怯《おび》えながらも、上掛けをかぶって寝ようとしていたが、城の近くに雷が落ち——……ばりばりと木が裂け、倒れる音。鳥の悲鳴。寝室の闇を裂く稲妻《いなずま》の光に堪《た》えられなくなり、枕を抱えて子供部屋を飛びだした。

おおらかで強い父、優しくていい匂《にお》いのする母……二人の顔を見たら安心できるという気がしたから、螺旋《らせん》階段を駆けあがって両親の寝室へ向かう。それまで、夜にそこを訪れたことはなかった……望みに反して扉には鍵《かぎ》がかかっており、子供が小さな手を叩きつけたところでびくともしない。頭の上にある窓から、灯りが洩《も》れていた……二人は起きている？

せめて自分に気づいてほしくて、枕を床に置いてその上に立った。背伸びして窓をのぞくと、

『あ……ァア！　ギル、いけません、そんな』

ギルは、ギルバート。母は父をそう呼ぶ。すきま風に揺れる灯りに照らされた寝台の上、髪をほどいた母が身をのけ反らせていて、化け物が——母の乳房を食べていた。

あれは、なに——裸の、ごつごつした背中。黒灰色の髪が逆立ち、ウゥ、ウゥ、と低いうめきをくり返している。

化け物は母の腿《もも》のあいだに身を割りこませ、腰を反らして幾度も叩きつけはじめ。

『アア、ア、ンン……！　いい、ああ、ぁアァ！』

苦しむ母の声。お母様が食べられてしまう。小さな拳を扉に叩きつけても雨の音がすべてを掻《か》き消す。ついに城の間近に稲光が落ちた……青白く照らしだされたけだものが轟音《ごうおん》を振り仰ぎ、それから扉を振りかえる。

それは……父の顔。いつもの穏やかな顔とは違う、目を金色にぎらつかせた父。バートは尻《しり》餅《もち》をついて扉から離れ、螺旋階段を転げるようにして子供部屋に戻った。上掛けを頭からかぶって泣く。

あれが、お父様のおっしゃっていた『バーソロミューの狼』なんだ。バートも大人になったらあんなふうに変わるんだ。けだものはお母様を食べてしまって、もう朝になっても抱きしめてはもらえないんだ。いやだ、怖い……。

僕は、けだものなんかになりたくない！

「公爵さまが」

部屋を訪ねてきた執事が、遠慮《えんりょ》がちに言った。夜、あとは寝るだけとなってミュリエルが客室に入ったときのことである。

「おっしゃったわけではないのですが……もしもベリンダさまがこちらのお部屋ではよく眠れないようでしたら、バートさまの寝室のお隣にも部屋があることをお伝えしにまいりました」

心を読まれたようで、どきっとした。

「バートさまの隣のお部屋……ですか。それは」

「代々の奥方さまがお使いになるようにと用意されたお部屋で、ベリンダさまがいらしても気持ちよく過ごされるようにと前々から公爵さまは新しいベッドを入れられたり、調度を修理させたりして心を配っておいでだったのです。その、お部屋では……あたたかいところでおやすみになれると思うのですが？」

その、部屋を使わせてもらえたら……ミュリエルの目的はたやすく叶えられるだろうが……

でもそこは、ベリンダの部屋なのだ。たとえ一晩でもミュリエルが入って汚してしまったら、姉にも執事にも申しわけない。

「ありがとう……だけど、ご遠慮《えんりょ》いたします」

「そうですか……残念です」

溜息を残して執事が去ってから、ミュリエルは一人で着替えた。昨夜のネグリジェは破れてしまったので、新しいものに……昨日よりも生地が薄くて軽くて体の線がはっきりとわかるものを。

自分がどうしてこんなネグリジェを選ぶのか、もう考えることをやめている。ハニーブロンドがつやつやになるまで梳《す》いてしまう理由も……。

「……ふう」

湿気の多い窓のない部屋の、かたいベッドに腰かける。両脚を抱えて体を丸め、

(真夜中まで……みんなが寝静まるまで待たないと)

膝に頬を預けて灯火をぼんやり見ていたはずが………かくん、首が揺れたところで目を覚ました。

「あ……あら？」

とっくに灯火は消えていて、客室は真っ暗だ。頬が濡れているような気がして、だれも見て

いないのに手で擦ってごまかしながら――耳を澄ませる。

とても静か。ミュリエルは裸足《はだし》を床につき、そっと手探りで部屋を出た。足もとを、ネズミがチュッと鳴きながら駆けていく。目を光らせた猫がそれを追う。あちこちで雑魚寝《ざこね》している召使をたびたび踏んづけたが、幸いみんな熟睡していて、ミュリエルを見とがめるものはいなかった。

螺旋階段の上……公爵の居室は、その先。

食事をとる広間の上階に行くと、出入り口には錠前《じょうまえ》が下ろされていた。壁に吊るされていた鍵がちょうど合ったので、あっさりと先に進める。さらに上階、塔のいちばん上――ここはさらに頑丈な鋲《びょう》を打った扉で、鍵も見つからなかった。のぞき窓がついていることに気づき、背伸びして開いてみる。目を近づけたとたん……。

「……あっ」

光る瞳が間近にあって、扉越しにミュリエルの視線を絡めとった。

(狼公爵さま)

……ウゥ、グルルルル……。

節くれだった手を窓枠《まどわく》にかけ、そこを破ろうと試み、かなわないとわかると扉に体当たりをはじめる。

どすん、どすん、と響く揺れをしばし啞然《あぜん》として感じていたが、鋲を打った扉はたとえ熊が体当たりしたところで開けられるものではない。我に返り、ミュリエルは窓に張りついた。

「おやめください……怪我《けが》をしてしまいますわ、ね？　いま、外に出られる方法を探しますから……」

昨夜、庭園に降りたつことができたのだから、今夜もできるはず。どこかに隠し通路が……と、あたりを探ってみたものの、隠し通路など見つからない。あるのは壁と階段だけだ。

（……だめなの？）

なにを期待しているのか。ただ姿を見るだけでよかったはずなのに？

「鍵は、執事さんが持っていらっしゃるのでしょうか？　探しに行って参りま……！」

金の目が扉から離れている。うっすらと見える室内……鎧戸《よろいど》が外れた窓から星明かりがさしこみ、狼公爵はそこから夜空に向かって吠えた。

「——オォォォォオ！」

森の遠くから……応える遠吠え。公爵の姿が窓の外へするりと消えると、ミュリエルの心臓は驚きに跳ねた。そうだった、昨夜もああして……空から。

（待っていらしてください、いま……っ）

螺旋《らせん》階段をとって返し、外へ。裏出口から飛びだすと、昨日二人が愛を交わした場所に気配はなかった。

……どこへ。息を切らしながら、まわりを見渡す。水路、草むら、森のなか……。

「うわあ！」

ひとの悲鳴がした。

ミュリエルは身を翻《ひるがえ》して森に飛びこむ。昼間、コリンと会った大樹の根もとを狼が囲んでいた。その中心に二つの人影……一人は狼公爵だ。昨夜ミュリエルを守ってくれたときと同じようにだれかを背にかばい、金の目で狼の群れを威圧している。彼に守られているのは、

（……コリン？）

どうして。ミュリエルを見限って、ハニーポット・ヴィルへ帰ったのでは……。

「ウオァア！」

狼公爵の吠え声が群れを一喝《いっかつ》すると、獣たちはしぶしぶと森へ引き返した。すくみそうになる足を叱咤《しった》して、ミュリエルは二人に駆け寄る。

「狼公爵さま！　コリン！」

「……ミュリエルっ？」

コリンもこちらに気づいた。大樹に背を預けている幼なじみの手に、ぎらりと光っているものは……鎌？　はぐれ巣を木から外すときに使うもの。だけど、ここに蜜蜂はいないのに。

「どうしてここにいるの？　帰ってしまったのではなかったの」

「きみを置いて帰れるわけがないだろう！　……待て！」

狼公爵がミュリエルを認めた。どきん、として立ちどまったミュリエルの前にコリンがまわりこみ、近づく狼公爵を鎌で威嚇《いかく》する。

「僕の幼なじみに近づくな！　……ミュリエル、きみをはずかしめたのはこの獣なんだな」

「どうしたの、そんなものは下ろして！」

「はやく逃げて！　僕は刺しちがえてでもこいつを倒してやる。許すもんか、僕のミュリエルを、よくも……！」

　相手が青年貴族ならまだよかった——人間なら。だけど獣じみた『狼公爵』を見てしまったことが、改めて若者の正義感を燃えあがらせている。どうして、大切にしてきた少女をひとではないものに委《ゆだ》ねられるだろう——。

　……さらにその、コリンのあからさまな敵意が狼公爵を刺激するのだ。か弱きものなら助けようが、牙を剝《む》くもの——森の王たる自分に——には、身の程をわからせてやらなければなるまい。

　狼公爵が夜空を仰ぎ、吠えた。

「ウオォォオ、オォォォォ……！」

「来る……ミュリエル、はやく！」

（だめ）

　狼公爵が地を蹴《け》る。コリンが身構える。牙と刃——だれを守ればいい？　言葉が、ミュリエルの想いが通じるのは、どっち？　ネグリジェの裾《すそ》をからげて、ミュリエルは——、

「……やめてぇ！」

　抱きついたひとのぬくもりは、燃えるように熱く、たくましいもの——昨夜と同じひとのものだった。

　ミュリエルは狼公爵の広い胸板にすがり、華奢《きゃしゃ》な体を小さくして訴える。

「お許しください、どうか……コリンは、あなたを知らないだけなのです。わたしの大事な友だちなの、どうか傷つけないであげて……」

「よせよ、ミュリエル！　そいつは化け物じゃないか！」

「狼の群れからあなたをかばってくださったのよ！」

くるりと振り向いたミュリエルは、なおも鎌を握りしめるコリンに向かって腕を広げた。刃が、ミュリエルのすぐ目の前でぎらつく。狼公爵が低くうなり、すぐに飛《と》びかかれるように背を丸めたが……肩口に近づいたその顔を、ミュリエルはいたわるように撫《な》でた。

「だめ」

と……狼公爵が戸惑い、喉《のど》をぐるぐると鳴らす。ミュリエルはなおもその凜々《りり》しい顎《あご》を撫《な》でながら、

「あなたは優しいかたですもの。コリンも、わたしのことも狼から助けてくださって……あのあとは、ベッドまでわたしを抱いて運んでくださったでしょう？　おふるまいは猛々《たけだけ》しくともこの身には、傷一つついていませんでしたわ。たとえ……夜の本性が獣に近いとしても、あなたは気高い公爵さまです……ん」

手のひらを、狼公爵の舌が舐《な》める。牙を剝く代わりにふっくらした掌《てのひら》をぺろぺろとくすぐられ、ミュリエルの体から力が抜けた。

「甘えてらっしゃるの……？　……あん！　くすぐったい……」

手をとられ、手首まで舌を這《は》わされる。ぞくぞくしながら広い胸のなかで身をよじると、唖《あ》

然《ぜん》として立ちすくむ幼なじみがミュリエルを見ていた。コリンに、変な声を聞かれたかも……羞恥《しゅうち》が湧きおこり、頭のてっぺんまで火照《ほて》ってしまう。ハニーブロンドの蜂蜜の香りがその場にいる二人の男を酔わせた。

「あんっ……ん、ぁ、ごめんなさい――コリン……こんなふうだから、わたしを、守ってくれる必要はないの……きゃぁん！」

自分のものだと認識している乙女《おとめ》がほかの雄《おす》と話すのは気に入らないらしい。狼公爵は後ろからミュリエルに手をまわし、ネグリジェの上からでもくっきりとわかる柔らかな乳房を揉《も》んだ。

「そんなこと、恥ずかし……ぁ、ふぁあん！」

こうしてほしかった――一日じゅう、ずっと。その先端をきゅっとすぼませながら、ミュリエルは狼公爵の手に果実を押しつけるように背を反らせた。爪の長い指が、種をくりくりといじりだす。

「んあっ――狼、公爵さ……口づけを……して、くださ……あっ、ちゅ……」

金の目が真上から近づき……はやく、欲しくて……唇を開いてねだるミュリエルに、狼公爵は惜しみない口づけを与えた。

「ん……ハァ……ん、く……う、れろ……」

喉の奥まで蹂躙《じゅうりん》しようとする舌を少女は喘《あえ》いで迎えいれ、彼女自身の舌でからめたりしごいたりした。

いたずらなキスに罰を返すように、狼公爵が両手にきゅっと力をこめる。ミルクを絞《しぼ》る牧人《ぼくじん》の手つきで、根もとから順に力を込めていくと、先端からなにかが溢《あふ》れてしまいそうな充血感がミュリエルをじらした。

「ふぁ……やぁ……ぁ、だめっ……おかしい……お乳、出てきちゃう……ぅっ」

まだ胸をしぼられ、キスをしただけなのに――両脚のつけ根がぬるぬるしはじめた。はしたない――……どころか、ほんとうは日中からそこを疼《うず》かせていたのだから、淫乱だ。

だけど、こんなに心も体も満たしてくれる行為に、どうして抗《あらが》えるだろう？

「……狼公爵さま……はやく、こちら、も……いじって、ください……！」

胸をなぶる手の片方をとり、自ら下腹部へと導く。ごつごつした指が花の根にたどりつき、そこをぴんと弾かれただけで、ミュリエルはびくびくと震えた。

「あん！」

両腿《りょうもも》をきっちりとあわせ、狼公爵の手を逃すまいとする……すべての願いが聞き届けられる喜びにうっとりと酔い、視線をあげたとき――コリンが、まだミュリエルを見ていた。獣の腕のなかで、蜂蜜の色と香りを振りまきながら乱れる幼なじみにまばたきもせず見入っている。

（あなたが知っているミュリエルと、いまのわたしはもう別のもの）

ときん、と心の臓が鳴った。ほんの少しの感傷が空色の目を潤ませるのと同時に、見られている――……恥ずかしさが熱に変わり、ミュリエルをさらに熱くさせた。

「……コリン」

吐息のなかで呼ぶと、

「……あ」

少年は怯《おび》えたように後ずさりする。しかし数歩下がったところで動けなくなり、ミュリエルの全身を見つめなおした。ネグリジェから素肌が透け、狼公爵の腕に押しあげられたまろやかな胸とその先端のすぼまり、ふっくらした両腿が男の手を締めつけるさま……などが瞳に焼きつけられる。この情景に背を向けられる男なんて、男じゃない。少年の手から鎌が滑り落ちる……同時にコリンはその場に両膝をつき、ミュリエルを振り仰《あお》いだ。

そのほうが、ミュリエルの花を近くで眺められるから。

「だめ、コリン……」

見ないで、と、願うのに……露に濡れたどんぐりのような目の中心に、ミュリエルが映っていた。湖に落ちた花のように、狼公爵に包みこまれて揺れる体……それがよりくっきりとわかるように、狼公爵がネグリジェをたくしあげ、片手でミュリエルの内腿を開かせた。

「あぁんっ……」

上半身は抱きすくめられたまま——身動きのとれないミュリエルの膝のあいだに腿を入れて腰を突きださせ、夜気にさらされる花の左右に指を添えた。軽く……力をこめただけで、花びらが二枚、一息にぱくりと開く。

「ふぁ、開いちゃ……ぁ……ぅ、見ない、で……」

力を込めれば夜風が吸いこまれ、襞《ひだ》が冷たさを拒んで熱い蜜を沁みださせた。緩《ゆる》めれば、たらりと垂れてくる感覚に自ら感じてしまう。くちゅり、ぱくり、と……花はコリンの眼前で開いたり閉じたりをくり返し、蜂蜜の香りの汁をたらたらとこぼした。

(まだ……なにもされていないのに、こんな)

見られているだけで感じているわけじゃない、はず。狼公爵の指の熱もわかるから……その先が欲しくて、花は物欲しげに喘《あえ》いでいる。はやく、はやくという期待が高まるあまり、ミュリエルの乳首はますますきゅっととがった。桃色の湯気を漂わせるほど火照《ほて》った肌の首筋に、狼公爵が顔を寄せただけで、

「ぁあ、いやぁん……息、熱い……ふうってしたら、もう……!」

吐息だけで達してしまいそうだから。そんなの、もったいないから。より濃い蜜がこぼれて狼公爵の指を伝い、雫となってコリンの前に滴《したた》る。

はしたない穴はなにかで塞《ふさ》いでくれなくては、もっと友だちに見られてしまう。お腹の底に夜風ばかりが満ちて空虚になってしまいそう。はやく、はやく……!

もどかしさにミュリエルは腰を揺らした。コリンには花が揺れるとしか映らなかったその動作の意味が、狼公爵にはもちろん察せられたらしい。ふと、笑ったような……。

「……ぁ……」

狼公爵の手が花から離れた。ミュリエルの背中で、ごそごそとなにかを取りだす動きがある――……繊細《せんさい》な愛撫とは、無関係なような動作。だが再び狼公爵が内腿を開かせたとき、ぺたりと花に擦り寄る熱感があり、奇妙に感じて視線を落とすと――ミュリエル自身の秘所から赤

黒い欲棒が飛びだしていた。

「きゃっ……」

慌てて膝を閉じるが、熱までもともに挟みこんでしまう。充分な長さを持った狼公爵の雄《おす》はまるでミュリエルの持ちものであるかのように、先端をそこから生やしていた。

（これ……狼公爵さま、の……）

昨夜はちゃんと見る余裕もなかった。昨夜、ミュリエルを蹂躙《じゅうりん》した雄……なんて大きくて太くて、猛々《たけだけ》しい……こんな、熱いものを自分が受け入れられたなんて。

おずおずと手を伸ばし、先端に触れると、それがびくんと跳ねた。

「……ふぁあっ」

ぴたりと閉じた内腿のあいだで量感が増され、ミュリエルの花びらを押す。そこから沁みだしたぬめりが棒にまとわりつき、温まったぬめりが花芽《かが》まで広がっていった。じっとしているのが辛く、ミュリエルは自ら花芽を慰めようとしたが、狼公爵に手首をつかまれ、動きを封じられてしまう。

「ああ……ふ……どうし、て……このままじゃ……？　ああ！」

わずかに――狼公爵が腰を引き、前へ戻す。ミュリエルの腿のあいだを雄が往復した。花びらが肉に擦れ、くびれが花芽に引っかかり、包皮をめくる。ぴったりとくっつけた内腿に、出入りする獣の肉欲。ミュリエルの花が感じている証拠に、白い腿のなかから顔を出すたび蜜を重ね塗られてそれは艶《つや》を増していき、ついには――……意図せぬ向きでミュリエルが揺れた瞬間、すっかりほころびた花に、濡れそぼった肉塊《にくかい》が割り入った。

「えっ……きゃ、ハァ……あんっ！」

深く入り、すぐに飛びだす。そのたやすさが……昨夜はあんなにきつかったのに……信じられなくてミュリエルは茫然としたが、一度擦られただけで花の奥にはもう火がくすぶりだしていた。

我慢……できない。

だけど……だけど、コリンがまだ見ている！

「見ないで、コリン……見ちゃ……ここから先は、もう、だめ……！」

狼公爵は改めて後ろからミュリエルを抱きすくめ、乳房を握りしめて動きを封じた。ほっそりした足を抱えあげ、花に雄を近づけていく。

どんぐりの目に、白い花。それにじりじりと迫っていく、肉棒。

つぷりと――先端が花に埋まったとき、幼なじみの眦《まなじり》から涙がこぼれた。ミュリエルはそれを見た。

（コリン、大事なお友だち……わたし、あなたを傷つけてしまったの？）

「ごめんなさい、コリン、ごめんなさ……ぁ――ァア！」

ずぶずぶ音をたてて狼公爵が埋まっていく。炎にあぶられるだけの食物よろしく、男の串に突きとおされたミュリエルは動くこともかなわず、料理されるのを待つだけだ。

充血しきった花襞がめくられ、小箱を包みこむ柔らかな肉が先端を受けとめ、

「んっ――――……ァ……あ……狼、公爵、さ、ま……？」

激しく動いてくれたらいいのに――……狼公爵は自らをすっかりミュリエルにおさめてしまったまま、動かない。胸に添えた手も動かず……じわじわと熱だけが沁《し》みていく。男根のかたち、そこに浮きだした脈までミュリエルは感じとり、彼と、自分が一つになっているのを感じた……それは、幸福感を生みだす。

（気持ちいい）

王宮になじめなかった自分、ひとの目が怖くて逃げだすばかりだった自分が……だれかとともにいる。体温を分かちあい、つながりあっている。とてつもない安堵《あんど》――もちろん、道徳的にはおかしいかもしれないけれど……もしも、コリンにとてもいいことがあったなら、ミュリエルは一緒に喜んであげたいと思う。それと同じではないか？

ミュリエルが満たされて、嬉しかったら……コリンも安心してくれるのでは？

「ぁ……！」

ハニーブロンドが乱れる。狼公爵の体温に内側からあぶられて、ミュリエルの肌は焼けてしまいそうだ。息ができないくらい……だけれど。

ミュリエルは首を振って髪をのけ、幼なじみに笑いかけた。

「ねえ、わたし……気持ちがいいのよ」

コリンがまたたきする。ミュリエル？　と、動く唇を見つめながら、

「あっ……狼公爵さまの、熱が……わたしに、ぴったり……奥まで、届いていて……んっ――

……いいのよ、とても……だから——……わたしのこと、かわいそうに思ったり、しないで——一緒に、喜んで……は、ぁ……！　わたし……わたしはこのかたを……好きになってしまったんだわ……！」

混じりあう熱をいやだと感じないのは、そういうこと。きらいだったら今夜を待たずに逃げだしていた……——ただもう一度会いたかったのは、狼公爵のたくましさに心を奪われてしまったから。ミュリエルは、自分を力強く奪ってくれる腕をずっと、必要としていた……。

……きみはそれでいいの？

と、聞こえたコリンの囁《ささや》きは——ミュリエル自身の喘《あえ》ぎと、水音とで掻《か》き消される。ぐちょぐちょに濡れた花を円を描くように揺らしているのはミュリエルで、狼公爵は乙女のしたいようにさせながら、熟しかけの乳房がより熟れるように揉《も》み、膨《ふく》れた種を指でつぶす。

「アァ、ハァ……！　ァ、ふ……！　いいわ、いいの、すごく……奥、入り口にあたってる……深くて、気持ちいいの……！　このままだと、わたし、一人でいっちゃ……っ」

すがるように見あげたミュリエルを金の目が見返す。狼公爵は王女を仰向《あおむ》かせ、真っ赤に色づいたその唇を塞《ふさ》いだ。

「んっふ……んンッ！」

つながったまま、体の向きが変わる——正面を向いたミュリエルにはもう友だちの姿が見えない。王女を腕に抱いたまま、狼公爵は強く腰を突きあげた。

「う、ア……——ぁん！　深い、ふか…………壊れ、あああっ！」

自らの体重すべてで狼公爵を深く沈みこませる。たまらず、首に抱きついても深々と刺さった雄は容易には抜けず、狼公爵が腰をつかんで揺さぶるので、ミュリエルは翻弄《ほんろう》されるままにすべてを委ねた。

花襞が、えぐれる。肉に先端が埋まる。充血したそれをくり返し叩き、抉《えぐ》り……痛みが麻痺《まひ》したころ、昨夜よりもさらに巨大な感覚がそばまで来ていることを感じた。呑《の》まれる――狼公爵により強くしがみついて、助けを求めた。

「だめなの、怖い、もう……！　怖い、こわ……ぁ、ぁいっ！　死んじゃう、わたし、大好きなかたに深く抱かれたまま、死んじゃいます……！」

怖くて、幸せ。喘ぐミュリエルをなだめるように狼公爵がキスを与える。唇と唇、舌と舌を絡ませながら、なおも揺れ続ける舟を降りるすべはない。迫ってくる、深く……狼公爵に乳房を揉まれ、その先を舌で舐《な》められた瞬間に、はじめの波に追いつかれた。びくびくっと体が痙攣《けいれん》し、目の前が白くなる。

「ふァ…………っ？」

天に放りあげられ、なおも高く迫る波。うごめく花襞もまだ戸惑いを残している。狼公爵はそれを知っていて、ミュリエルの乳房を握りしめたまま男根をいったん引き、力強く深々と刺した……それはミュリエルの下腹のかたちが変わるほどの勢いで。すると、

「アァッ……ぁ、アぁあ――――…………ッッ！」

第二の波がミュリエルを押し潰す。意識がさらわれ、残った肉体は与えられた快楽でどろど

ろに溶けて、ばらばらになってしまったと感じた。花の襞があらん限りの力で狼公爵の雄を絞《しぼ》りあげ、その動きに耐えかねて狼公爵もまた、自らを放つ。

「……ウ……ッ……」

どぶどぶと溢《あふ》れだす白濁《はくだく》。だがそんな流れ程度で、ミュリエルを押し流している悦楽《えつらく》の奔流《ほんりゅう》に対抗することはできまい。いま、手放したら彼女は本能のとりこになってしまう……だれが彼女を感じさせてやったのか忘れて、ただの雌《めす》に変わるなんてこと許してやらない。そう思ったのだろう狼公爵は……ぐちゃぐちゃになったミュリエルの花のなかで、放ってもなお量感を保つ自らの肉塊を動かしだした。

はじめ、ぼんやりしていたミュリエルだが……空色の瞳の焦点があう。新たに重なってきた柔らかな心地よさが、彼女のなかで膨らんでいくもののせいだとわかり、薔薇のように頬《ほお》を染めた。

「ゃ……達したばかり、で……？」

くちゃり、くちゃりと響く水音。桜色に染まって揺れる花。狼公爵は優しく王女の体を支え、自らを揺らした。金の目は威圧するだけでなく、愛《いと》おしげに相手を見つめることもできる。その瞳に包みこまれている感じがして、ミュリエルは緊張を解き、ただ揺れるまま導かれた。

「掻《か》きまぜ、て……なかで、混ざりあって、いるようです……」

泡《あわ》のなかから卵が生まれ、なにかが誕生したりするなんて、おとぎ話。でも素敵。黒と白。男と女の肌が一か所でつながり、それが結ばれるということ。幸せ。

「……ぁ……ま、た……」

今度近づいてきたのは、ゆるい波だった。激しさは先ほどとは比べようがないけれど、温かくて甘い匂いもする。それにふわりと包みこまれるときは——好きなひとと、一緒でいたい。

「……狼公爵、さま……」

ミュリエルは狼公爵の広い胸に触れた。どきん、どきん、と激しく打つ鼓動に微笑《ほほえ》み、腕をたどって手のひらにたどりつく。ミュリエルの倍も大きな手のひら……その指は、ミュリエルのほっそりした指にたやすく絡めとられ、力をこめると、困ったように握り返した。

(これで一緒)

ずっと一緒。ミュリエルの意識が飛んでも、彼が獣からひとに返っても。

……離してあげないから。

「……離したら、泣きますから」

ベリンダの……ほんとうに、ミュリエルでは代わりになれないの？

涙をぽろりとこぼしたミュリエルの額に、狼公爵が口づけた。そこから、ふわりと二度目の波にさらわれたあとのことは、思いだせないけれど……。

銀狼はフロランシアを隠れ家の洞窟に連れていった。

そこは銀狼が宝物を隠す場所だったが、石英《せきえい》よりも翡翠《ひすい》よりも、王女はなおきらめいていた。

ひとの言葉を解することはできるのに、喋《しゃべ》ることができないのがもどかしい。

花びらに埋まった王女の体からは、舐め残した蜂蜜の香りが立ちのぼっていた。

フロランシアが不安そうに銀狼を見あげる。

銀狼は彼女の胸に前脚を置き、横たわるように促した。

洞窟《どうくつ》は寒いが、銀狼の毛並みはあたたかい。

父王に贈られた花嫁衣装が、濡れた岩の床に広がる。

銀狼が、フロランシアの胸元に顔を近づけ、舐めた。

「あっ……」

ぺろり、ぺろり、と丁寧《ていねい》に。まんべんなく体表を舐めたあとはうつぶせに返され、爪先《つまさき》から舐められた。

「……ん、ぁ……ぁん」

フロランシアは小さくうめく。

銀狼の頭が、衣装の裾《すそ》から潜りこんでくる。

両腿のあいだに、生温かい息を感じた。湿った鼻先が下着をぐっと押しこむ。

「ふぁあぁ！」

のけぞったフロランシアの細い腰に、銀狼は片方ずつ前脚をかけた。

裂けた口から舌をのぞかせた銀狼が、断続的に短い息をついている。

腹部を覆《おお》う淡い銀の毛並みのなかに、荒々しく赤い肉が突きだしている。

それはフロランシアの上腕ほど長く、青い脈が浮きだしていた。

「……こうするのね？」

フロランシアはおずおずと下着をずり下げ、丸くて白い尻を剝きだしにした。

ほんのり露を浮かせた割れ目に、銀狼のたくましいものが狙いを定める。

一息に切り裂かれ、フロランシアは悲鳴をあげた。

滑らかな内腿に鮮血が滴《したた》った。


銀狼はひとと交わるのははじめてだった。

王女のなかは狭くきつく、深くてあたたかい。

夢中で腰を進め、悲鳴をあげる彼女の首筋を軽く嚙んだ。

王女は首を振り、青い目から涙をこぼす。

つらいのか？

ぺろりと舐めるとその雫《しずく》は、蜂蜜の匂いがした。

銀狼は達すると長い時間をかけて射精し、自分のものを彼女のなかで膨らませた。

獣はそうして、伴侶《はんりょ》を確実に孕《はら》ませるのだ。

事後のひととき、白い肌についた嚙みあとを舐めてやっていると、王女が毛並みを撫で返してきた。

「……わたしを抱いてくださってありがとう、銀狼さま。

だけど、このことはだれにもおっしゃらないほうがいいわ。

特に、お父様には。

オーク王はあなたが王女をめとったなら、利用しようというお考えです。

わたしを抱いたと知れたら、あなたは自由ではなくなってしまうわ。

だから、このことは秘密になさらなければいけません」


しかし銀狼は別のことを考えた。

ひとでありながら獣に嫁がされた王女の名を高めてやるにはどうしたらいいか。

自分を不器量だという彼女に、自信を与えるにはどうしたらいい？

夫たるものが森の王というだけでは足りないのなら。

オーク王に、その家臣たちに、フロランシアを認めさせてくれよう。


「……うむ？」

翌朝……ぱちっと目を開けたバートの視界に、森の木立が広がっていた。彼が夜半の自分を閉じこめているのは、窓をつぶした塔の上階の寝室のはず。万が一にも人前で粗相《そそう》をしないように、狩りのときでさえ草原でうたたねしたりはしない。

（つまりこれは、夢なのか？）

明晰夢《めいせきむ》というやつだろうか。梢《こずえ》から降ってくる小鳥のさえずり——立ちこめる霧の気配はバーソロミューの森のものに違いなく、ひょっとして自分は眠ったまま朝の散歩に出かけてきたのだろうか……などなどと仰向《あおむ》いたままぼんやりしていたところ、そよ、と風が吹いた。

ふわりと、蜂蜜の香りが鼻腔《びこう》をくすぐる。

城の台所からか？　いい加減に状況を確かめようかと、身を起こすために地面に手を突きかけたのだが、なぜか両手とも自由にならない。奇妙に胸が騒いだ。焦りながら肘だけで上半身を起こしてみたところ、裸の胸にハニーブロンドのかたまりがぴったりと寄り添っていて……枕が動いたせいでかくん、と顔が傾き、それが、バートの憧れてやまない王女であることがわかった。

ベリンダ。

……彼女は半裸だった。ごく薄いネグリジェを着てはいるものの皺《しわ》だらけのそれは素肌にぴったりとはりついて、衣服のていをなしていない。バート自身の格好はといえば……半裸で眠るのはいつものことだが、下穿《したば》きの前を寛《くつろ》げているのはなぜだ。それがしっとりと濡れている理由は？　どうして自分は王女と指を絡ませあって手をつないでいるのか。

いまは、朝らしいが……昨夜寝所に入るとき、バートは間違いなく一人だった。執事が扉に鍵《かぎ》をかける音を間違いなく聞いた。

それから、いままでのあいだに……なにがあったっ？

「……べ、ベリンダ……王女？」

おののき、声をかけると、

「……う、ん……」

どこか鼻にかかった、甘い声をあげて彼女は身を返したが、

「……くしゅんっ」

体が霧にさらされたとたん、小さなくしゃみをした。

(寒いのかっ?)

バートははっとしてあたりを見まわす。むろん、寒いのに決まっている——ここは城に近い森のなかだ。上掛けの一枚もなく、彼女と自分はいつからここに倒れていたのか。

慌てて白い手を振りほどいて王女を抱きあげ、急いで城に引き返した。途中、見慣れない小さな鎌を踏みそうになったが、庭師のものだろうと思ったので気にも留めない。

「おまえたち、起きろ！　湯を……いや、風呂《ふろ》を支度《したく》しろ！　できるだけ熱くして王女を温めるのだ、急げ！」

いきなり叩き起こされる召使たちはいい迷惑だろうが……幸い、料理人が炉《ろ》に火をおこしたところだったので、まもなく、湯を満たした年代物の浴槽《よくそう》が広間に運びこまれた。ローズマリーの乾燥した束を放りこむと、清々しい香りの湯気が部屋にこもる。

いい湯加減になったのを手のひらで確かめ……バートは、ずっと抱きしめたままだった王女をそっと、湯船に沈めた。

蒼ざめた肌に血が通う。着たままのネグリジェの上から、お湯を手ですくってはかけてやる

バートの行為は少女の体を重たくしていた疲労をも洗いながし、やがてローズマリーの湯気のなかで、蜂蜜色の睫毛《まつげ》が震えた。

ぱち、ぱち、と瞼《まぶた》が動き、湯面を見つめて不思議そうに首を傾《かし》げ……、

「……」

バートの手を見つける。ゆっくりと彼を見あげた空色の目……なにから訊ねたらいいのかわからず、バートはまず、

「……おはよう」

阿呆《あほう》か、俺は！

自らを罵《ののし》りたくなったが、王女は戸惑いのなかでも嬉しそうに口元をほころばせた。

「おはよう……ございます」

さらに戸惑う、目。今度はいささか傷ついたように——……。

「昨夜はよく眠れただろうか」

呪われろ、俺！

……いや、もうとっくに呪われているのだった。

バートは重ねて深く自分を罵りながら、王女に言い訳した。

「体は無事か、という意味で訊ねたのだぞ。無論、無事でない場合を想定していないわけではない」

「……バートさまは」

ほんのり、諦めたような吐息。バートに呆《あき》れたというよりも、彼女自身が傷つくことを諦めてしまったような。

「昨夜のことも……やっぱり覚えていらっしゃらないのですね?」

「それは」

昨夜のことも、
ということは、まさか一昨日も自分は凶行に及んだということか。城に来たばかりで心細い王女を、狼と化してはずかしめたのか。

……死んでしまえ、けだものめが!

拳をかためて自らの胸を殴《なぐ》りつけた。

バート自身にはどうしようもないことだ……なんて、言い訳にならない。夜半の自らの行為に責任は負えないなんて……そんなわけない。夜半の自分も、普段のバートも本質は同じものであり、互いの行為には責任がつきまとう。だからこそ、だれに対しても間違いを犯さないよう夜のあいだは自らを閉じこめるのがバーソロミュー公爵の義務であったのに!

拳が白くなるほど握りしめ、バートは問うた。

「私は……あなたを犯したのか?」

ローズマリーと蜂蜜の香りを濁《にご》す匂《にお》い。それが雄《おす》の精液の匂いであることくらい、バートとて知っている。王女が小さく頷くと、うめきつつ言い訳せずにはいられなかった。寝室には鍵をかけさせたはずなのだ、と。

「窓から外に出ていらっしゃったのです」

王女はそっと言って小首を傾げ、ぼんやりと上を見あげた。

「鎧戸《よろいど》が壊れているのではないかしら」

「なんてことだ」

窓？　鎧戸？　夜、閉じこもるだけの暗い部屋にそんなものがあったことさえ忘れていた。鎧戸がもとの位置にきちんと押しこまれていたなら、掃除をする召使だっていちいち蝶番《ちょうつがい》の強度を確かめたりしないだろう。

獣が、それをしたのか？　自らを閉じこめていたつもりのバートを嘲笑《あざわら》って、呪われた狼公爵は夜な夜な森へ出かけていたのだろうか。

（執事め……窓が壊れていることに気づかなかったのか？）

王女はそれ以上バートを責める様子もなく、仰向いた顔を天井に向けて、そのままそこに描かれた画を眺めている。枠《わく》ごとに時代を区切って描かれているのはバーソロミュー公爵家の由来だ。美しい王女が銀の毛並みの狼と出会い、親しくなっていくさま……結末はおとぎ話どころか、悲劇なのだが。

その意味を教える前に、バートは訊ねた。

「……私の様子はどうだった？」

化け物みたいで恐ろしかった、と言われる覚悟で訊ねてみると、王女はおかしみを含んだ笑顔で指折り数えた。

「そうですね——目が金に光って、髪は灰色に逆立っていらっしゃって、爪は長くて、耳はとがって、言葉の代わりにうなったり吠えたりなさいます」

「そいつがあなたを脅《おど》したのだな」

問うと、お湯のおかげで血の通った頬《ほお》にさらに朱がさし、

「……いいえ……」

「嘘はいい。私とて、夜半におのれがどう変わるのか父を見て知っている——思春期を過ぎたバーソロミューの男は、夜半、先祖の血を思いだして獣に還《かえ》るのだ。それこそが、我々が狼公爵と呼ばれてひとから遠ざかってきたゆえんなのだよ」

ベリンダが湯から身を起こす。彼女はなんてきれいなのだろう……濡れたネグリジェがふっくらしたかたちのいい胸に張りついて、その先端に実るさくらんぼの色まで透けて。

狼は、このひとをどんなふうに蹂躙《じゅうりん》したのか。憤《いきどお》りで血をのぼらせたバートの頬に、王女が手のひらを添えた。その手も火照《ほて》っているのに、怒りがすっと引いていく。

バートの愛おしいひとは、申し訳なさそうに顔を傾けて言った。

「すみません……わたし、詳しい事情を存じあげなくて。バートさまのご先祖さまは、獣だったということなのですか？」

「……バーソロミューの森の主。銀の毛並みを持つ大狼の血がこの身には流れているのだ……あの、絵をごらん」

いちばん隅の天井画を指させば、それは髭《ひげ》の王が兵を率《ひき》い、森に攻め入る光景だった。

「オーク王がいまの領地を平らげるおり、どうしても森を支配する必要にかられて自らの王女を銀狼の花嫁に捧げた。そのため銀狼はオーク王の配下に加わり、その後の戦いにおいてよく役に立ったという――……しかし時代が下って平和が訪れると、オーク王は美しい王女を取り戻したいと思うようになり、銀狼をだまして殺してしまったのだ」

しかし、そのときすでに王女は銀狼の子を宿していた。今《いま》わの際《きわ》、銀狼はオーク王に向かって呪いの言葉を吐いたという。

――この裏切りを許すことはできない。我が子孫は私の怒りを受け継ぎ、百年ののちにはおまえの国を滅ぼしてしまうだろう。

オーク王はこう返した。

――ならばわしはそちの子孫にバーソロミューの名と公爵位を与え、臣下として遇しよう。そして百年ののちには再び王女を花嫁に捧げてやるぞ。それでもわしの国を呪うのなら、いますぐ王女を腹の子とともに殺してくれる。

――では百年ののち。王が確かに約定《やくじょう》を守ったなら、私の怒りは解けるだろう……。

「百年に一人、といってもその代の王に娘が生まれるとは限らない。実際、私の曽祖母は王家に連なる出自ではあったが、王女ではなかった――……だからか、祖父や父の代から再び獣の血が騒ぐようになり、私にいたっては理性を失うと獣と化して、そのあいだの記憶をまったく失くしてしまうんだ」

「記憶……が？」

王女は小首を傾げる。

「覚えていないのだ、なにもかも。獣と化した自分がどのようにあなたを襲い、犯したのか、あなたがどんなに悲しい目にあわされて泣いたのかも――記憶にない。申しわけなくて、情けなくてたまらないことだ」

したことの責任から逃れるつもりはないが、こんな男とどうか結婚してくれと頼めた義理もない。彼女を……ベリンダ王女をバートに縛《しば》りつけているのは、ただ大昔の先祖が交わした誓約だけだ。百年前……誓約が中途半端にしか果たされなかった結果、獣の血が濃さを増した。

では当代のバートが完全に誓約を破棄したときは？

この身に、オーク王家を滅ぼすほどの力が宿っているとでも？

……答えは完全に、否《いな》、だ。大昔ならともかく、いまの王家の力は一匹の獣の及ぶところではない。

バートは溜息をつく。王女に触れたい気持ちを堪《こら》え、代わりに牙のお守りを握りしめた。

「私は心からあなたを求めているが……このような呪われた身の男を、あなたが恐れて愛することができない気持ちもわかる。二百年以上ものあいだ忠誠を誓《こば》ってきたオーク王家に対して、いまさら反旗を翻《ひるがえ》すつもりもないから――もしもあなたが私を拒むなら、私は頭《こうべ》を垂れて運命を受け入れよう」

王女に対して行った非道の、せめてもの償《つぐな》いに……先祖が守りつないだ縁が途切れるときはまた、銀狼の血を受け継いできた公爵家が森に還《かえ》るときだろうから。

バートの愛《いと》しい王女は、可愛《かわい》らしく首を傾げた。

「運命……それは」

「悲しみが完全に私の理性を壊し、獣がこの身を支配すること——そしてたぶん、銀狼が私にとって変わることだ。森の同胞たちは王の帰還を待っている……いまでさえ、夜ごと迎えに来ているのがわかるんだ」

お守りが手のなかであたたまっていく。これは銀狼が残した誓約の証《あかし》であり、同時に狼除けのまじないでもあった。かつて森を支配した王の牙を狼たちは敬しつつも怖れているので、身につけるものを力ずくでどうこうはできないはずだ、と。

いまはまだ、完全に誓約が破られたわけではないから。

だけど……目の前の女性が、オーク王女が、きっぱりとバートを拒んだなら、そのときは。

バートの、ひとの心をかたちづくっているのはバーソロミュー公爵の名だ。その殻《から》が壊れてしまったとき、自分は……。

獣になったときの自覚がないぶん、完全にそのものになるというのは死ぬのと同じくらいの未知の恐怖だ。蒼ざめ、気が遠のきそうなほどの恐怖に襲われたバートを正気づけるように、オーク王女が冷たくなった頬を両手で引き寄せ……小さな顔を近づけて、軽くキスした。

彼女のほうから。

目をみはるバートを、空色の目がのぞきこむ。

「わたしではいけませんか？　バートさま。わたしも、オーク王女です」

そんなことはとっくに知っているが……いったい、これは。夢か？

彼女のほうから……信じられなくて、馬鹿を言った。

「愚かな、私の半分は狼なのだぞ。結婚したからといってそうでなくなるという保証もないのだ。そんな獣の妻になることの意味を、もっとよく考えてからおっしゃるがいい」

「獣のときのバートさまのことなら、あなたご自身よりもよく知りましたわ。荒々しいけれど優しくて、素敵なかたでした」

「ご自身の花を散らしたものによい印象を抱くのは勝手だが、それは私ではない！　私は、まだあなたの肌を知らない……、……獣などに、奪わせてしまって……」

どんなに怖かっただろう。痛い思いも、したのではないか？

愛しいひとの花を散らした狼公爵が憎い——しかしそれはバートのなかにいるものだ。目を背けてはいけない。逃げたら……ベリンダ王女の勇気を踏みにじってしまう。

ゆっくりと息をつき……バートは、王女の手に手のひらを重ねた。

「私も……あなたが欲しいと思う。それを望んでもいいだろうか？」

見開いた目の縁が、みるみる赤くなる。その目に悲しさや、憂《うれ》いがないことを見つめて確かめながら、

「拒まないでくれるのか？」

はい、と動いた唇をたまりかねて唇で塞《ふさ》いだ。あたたかくて柔らかな唇はすんなりとバートを受け入れる。湯船に腕をさしいれ、そこからすくいあげた。

さあっと水が滴《したた》る。湯はもうぬるくなっていた――はやく王女の体を温めるには、どこに連れていくのがいい？

バートは獣の素早さで螺旋《らせん》階段を駆けあがり、自分の寝室に飛びこんだ。目指すのはそんな陰気な部屋ではなく、一つだけ隣室につながっている扉。

そこを蹴《け》り開けると、その部屋の窓は開いていて、明るい外の光が射しこんでいた。

バラ模様の壁紙、植物のつるを彫りこんだ調度と、お揃《そろ》いのベッド。

ベッドには真新しい羽毛を詰めこんだマットが敷いてあり、純白のキルトの上掛けが覆《おお》っている。バートがそこに濡れた体を横たえようとすると、

「あ……だめです」

王女が身をよじって抵抗した。やはり、だめなのか……慣れた失望に身を委《ゆだ》ねそうになったが、ふっくらとした小振りの手はバートの鼓動の上に重なったままで、

「素敵なキルトが濡れてしまいますもの……先に、脱いで、しまわなくては」

耳まで真っ赤にして訴えたのは……気遣いのできる彼女らしい一言だ。

あっというまに薔薇色の気分になったが、不思議と理性が壊れる気はしなかった。幸せな心持ちは、正気であってこそ味わえるものだから。

バートは照れる王女をキスでなだめながら、ネグリジェを裾《すそ》のほうからたぐっていき、子供の服を脱がすように頭から引き抜いた。隠すものなく、生まれたままの姿になったひとは……溜息がでるほど清らかで、可愛らしい。両胸を隠そうとする手の甲をつんとつついて、意地悪

く囁《ささや》いた。

「こちらの衣装は、どうやって脱がせたらいいんだ？」

「衣装なんて……これ、手ですわ……」

冗談にも大真面目《おおまじめ》で応える。そんなひとをどうやって愛したらいいのだろう？

（まるで夢のなかにいるようだ）

唇へのキスを途切れさせることは難しいけれど……王女に、ちゅ、ちゅ、と音をたて口づけながら、バートは小さな手をそっと持ちあげた。ふるり、と震える瑞々《みずみず》しい膨らみの中央に、熟した赤い果実が一粒……それを見たとたん、彼女はもう処女ではないのだという事実が脳裏《のうり》を過《よ》ぎったが……あえて自らを抑えこんで、優しく囁いた。

「乳首が、木の実のようだね……真っ赤にとがって、つやつやしてる。おいしそうだ……どんなふうに食べてほしくて、こんなに膨れているんだい？」

「や……」

囁きが、くすぐったいらしい。王女は初々《ういうい》しく首をよじって、潤んだ目でバートを見た。

「声……低くて、ぞくっとします。あんまり、囁かれては……弱いの」

狼は喋らなかったからだ。つまり、獣がどんなふうに彼女を抱いたのにせよ、愛を囁くことはできなかった――私にしかしてやれないこともある？　その事実にバートの胸が高鳴る。

「……可愛いよ」

さっそく……耳朶《じだ》に唇をつけて言うと、ぴくっと反応した。浮かせていただけの手のひらに乳首があたり、そこでまたきゅっと身を縮めてキルトに埋まる。これっぽっちの刺激……掠めただけで王女の肌は桃色に火照ってしまうらしい。なんて感じやすいのだろう？　バートは触れるか触れないかの位置に手のひらを置きながら、さらに囁いた。

「きれいだ……愛しいひと。あなたとこんなふうになれて、私がどんなに幸せかわかるだろうか？」

「あ……わ、わたしも……幸せ、です……でも、その、手……を」

触れてほしいのか、離してほしいのか？　バートがくすっと笑い、

「好きだよ」

告げて、耳朶を深く食《は》むと、

「あん！」

嬌声《きょうせい》をあげて身を反らせた王女の乳房が自ら、手のなかに飛びこんできた。押し潰す手のひらで、ひくひく痙攣《けいれん》する乳首の脈を感じとる……いじわるするのがかわいそうになるくらい、触ってほしそうだ。バートはゆっくりと手のひらで円を描き、乳首を転がしつつ王女の耳を舐《な》めた。

「こうするのは、どう？」

「……舌の音が、波みたいに聞こ、ぇ……ます」

「もういっぽうも触ってあげようか。ふふ……なんだか、私の手のひらもくすぐったいな」

パンだねを伸ばす職人のように、両手を広げて慎重に乳首を転がしてやる。体のなかで両胸

の先端にだけ与えられる感覚は、そこばかりが敏感になっていく息苦しさとともに王女を戸惑わせるようで、

「ぁ……ゃ………おかしいの……だんだん、熱くなって……」

びくびくが全身に伝わり、下肢《かし》まで響くらしい。もぞ、と内腿《うちもも》を擦りあわせる仕草に気づいたものの、もう少し波打ち際で遊んでやりたかった。手の動きをとめ、

「苦しい？　なら、やめてあげなくてはね」

「違……うの、じらしては、いや……ぁん、手のなかで、転がって……とれちゃいそう」

「熟しすぎたのかな？　……ほんとうだ、こんなに真っ赤に充血してしまって、火傷《やけど》しているみたいじゃないか――……濡らしてあげなきゃ、かわいそうかもしれないね」

痛いほど突きたっている乳首に、充分に唾液《だえき》を含ませた口を近づけ、くちゅっと含むと、

「ふぁああん！」

びくびくっと驚くほど反応して、王女は脱力した……まだ、胸に触っただけなのに？　赤い実は甘く熱くてほんのり蜂蜜の味もして、唇から離すのが惜しい。胸の果肉ごとやわやわと食んで吸いながら、舌使いの合間に訊ねた。もう片方の胸をぴんと弾き、

「もしかして、いま、いってしまった？」

「ぁ……っ……そんな」

桜色の肌がさらに桃色に染まる。胸に触っただけで？　もっと乱れるところが見たくなり、両方の乳房を手のひらに包みこんで押しあげる。赤い実が二つ、きれいにとがって並ぶさまは

とても可愛らしいし、おいしそうだ。バートは狼ばりに口を大きく開くと、二つの実をいっぺんに口に含んで左右交互に舐めはじめる。

「ぅあっ……ぁ、や、それ、激し……や、ぁん、あ、ぁん！」

自らの嬌声に驚いてか、手で口もとを押さえるのだが、声はとめられない。鈴を鳴らしたようなきれいに響く喘ぎ声だ。もっと鳴かせてやりたい。唇をすぼめて両乳房の先端を一気に吸いあげ、ぱっと離した。ふるり、と果実が震える。

「ふぁ、ぁ、あ――………！」

背を逸《そ》らした王女の体そのものが、一瞬浮きあがったような錯覚《さっかく》。ふわり、と天にさらわれ、羽根布団に沈む。天使だろうか？　このひとは……それとも蜂蜜壺？　ひくひく震える腿の内側に、甘い匂いのする熱い汁が滴っているのを見つけ、バートは笑った。

「こちらが、放っておかれて泣いているのじゃないかい？」

手を内腿に滑らせていくと、

「……や」

子供が宝物を隠すように、身をよじって触らせるまいとする。これ以上はだめなのか――……なんて、落ちこむのはやめだ。彼女の心を知る努力をしなければ。

バートは新鮮なクリームみたいな頬《ほお》に唇を触れさせ、優しく訊ねた。

「どうして隠すの？　こっちを触られるのは怖い？」

ますますきゅっと内股を閉じながら、ハニーブロンドを横に揺らす。

「怖くはないの……でも、バートさまの手を濡らしてしまいそうで」

「感じて、濡れるのは恥ずかしいことじゃないよ」

「……そうではなく」

消え入りそうに呟く唇を、吸ってしまいたい。

「昨夜の……狼公爵さまの、が……出てきてしまいそうで。奥に、たくさん、残っているのですもの……」

危うく獣に変わるところだった。バートは理性の力で憤《いきどお》りをねじ伏せ、うなった。

……小悪魔だ、このひとは！

狼のときの記憶のもたないバートに嫉妬心《しっとしん》を湧きあがらせ、同時に欲情をかきたてる。狼公爵がそんなにも彼女を満たしてしまったあとで、バートはどうしたらいい？

自分であって自分ではないもの……そんなやつがつくった泉をそのままにしておくなんて、まっぴらだ。

深呼吸して……落ちつけ。愛しいひとに、内面の葛藤《かっとう》を悟られないようにしながら。

下肢《かし》から手をずらしてまろみのある下腹に手のひらを置く。円を描くようにさすってやると、恥じらいつつも空色の目をバートに向けた。精一杯の甘い声で、言ってやる。

「ここに、たくさん溜まっているのかい？」

「……ぁ、……はい」

「私の手を濡らしたくないのなら、力を込めてだしてしまうわけにはいかない？」

「え……ぁ」

軽く圧すと、息を詰める。ん、と小さく息を洩らしたが、下腹部をかたくすることはできても、どうすれば緩《ゆる》められるかを知らないらしい。眉根を寄せて首を横に振り、

「……ごめんなさい……どうしたらいいのかわかりません」

「仕方ないな。じゃあ――膝立ちになって。私の顔をまたいでごらん」

「えっ――……ぁ、う、嘘です、こんな……やぁあん！」

背に手を差し入れて抱き起こし、強引に両膝で立たせた。そのまま間髪《かんはつ》いれずバートは王女の両腿のあいだに顔を入れて仰向《あおむ》けになった。逃げ腰になる彼女の双丘《そうきゅう》に手を添え、左右にぐっと開いてやると……花があらわになる。

（……きれいだ）

目の前に現れた乙女の秘所。獣に荒らされたのだろうそこはすでに奥への道筋がついていたが、真紅の洞穴を囲む花びらは淡い桜色で滑らかであり、花のまわりはふっくらした肉がついていて、彼女がどれだけ清らかなひとであったか、言葉よりも雄弁に教えてくれる。

「愛しい薔薇」

感歎の息を洩《も》らすと、

「や……恥ずかしい……そんなところ、きたない、のに……」

絶え入りそうな声で訴える彼女自身は、自らの花の美を知りようがない。乙女の涙のように、花の奥から汁が垂れてきた……蜂蜜の香りの、透明なひとしずく。それに遅れて奥からどろり

とこぼれてくるのが――狼公爵の精液か。

雄の白濁《はくだく》は王女の蜜と完全に混ざりあい、まだら模様の糸を引きながらゆっくりと滴《したた》ってきた。

ぱく、ぱく、と恥じらって開いたり閉じたりする花からしずくが出なくなると、バートは片手の指を二本揃えて洞穴のなかへ入れる。花襞に、白い凝《しこ》りがこびりついているからだ。指先を曲げて襞の隙間までこそげとると、新たな蜜が溢れてなかを洗う。するとまた、広げられた道に抗《あらが》いきれずに奥にたまっていたものがこぼれてきて、

「ゃ……ぁ、んぁ……だめ、どんどん、出ちゃう……」

「ああ、たくさん出てくるな」

「空っぽになっちゃいます……！」

それは彼女にとって悲しいことなのか？　狼の放ったものがなくなって空虚だというなら――……、

（私のもので満たしてやろう）

搔《か》きだすものにやがて色がなくなり、匂いも蜂蜜の濃厚な香りだけとなった。

「……力を抜いて」

穏やかに命じて尻を撫でると、彼女の体からふっと力が抜ける。バートは花に指を入れたまま身を起こす――自然、王女はバートの下腹部に腰かけることになる。狼が夜のあいだにどれだけ満足したのか知らないが、いまのバート自身も恐ろしいほどに張りつめていて、それを背

中で感じた王女がたじろぐ。怯《おび》える少女の顎《あご》に手をかけ、口づけた。

「ぁ……ん、ちゅ……、……ん」

キスのあいまに花から指を抜き、下穿《したば》きの前を寛《くつろ》げる。生き生きと艶《つや》めいたバートの分身ははやく目的を達したがっていた。前夜のものはもう乾いていたが、新たな先走りの汁が先端に滲《にじ》みだしている——そこに王女自身の蜜を塗りこめ、滑りをよくした。背後で行われている一連の動作の気配が期待を煽《あお》るせいで、少女の息遣いも甘くなった。雄の先を握りしめたまま、柔らかな腿の内側をうかがうと、恥じらいつつも腰を浮かせてバートに協力する。

その、情事を知っている仕草にまた、ちり、と嫉妬《しっと》が疼《うず》いたが、

「あ……」

ゆっくりと腰が沈む。バート自身も、深い沼に沈んでいく錯覚《さっかく》を覚えた。王女の肉が分身をくわえ、呑みこんでいる。

(う、ぁ……これは)

ぐしょぐしょの肉襞が雄を迎えていっせいに波うつ。中身を掻きだされて空虚になったそこはバートの雄をぴたりと咥《くわ》えこみ、吸いついてきた。これは地獄か、天国の泉か。火傷しそうに熱い……まだ、動かしてもいないのに！

はじめの衝動をやり過ごすためにバートは愛しいひとを抱きしめ、息を荒くしつつ囁いた。

「あなたは……最高だな。このような、快楽が、この世にあろうとは……」

「……わたし、も」

いけない。彼女の声を聞いただけで胸が高鳴って、達してしまいそうだ。堪《こら》えなくては……王女はすっかりバートに身を委《ゆだ》ねて、抵抗をやめていた。瑞々《みずみず》しい、かたちよい乳房がバートの胸板に押しつけられている。ほんのり汗ばんだ肌は滑らかでどこをとっても吸いついてきて、撫でているだけで心穏やかになる。愛しいひと……バートは両手で王女を抱きしめながら言った。

「あなたのようなひとに出会うためにこの身の呪いがあったなら、運命に感謝しなくては。幸せで、幸せで、心がちぎれそうだよ——……ベリンダ。あなたとこうなれるまで私がどれだけ苦しい思いをしたか、あなたには想像がつくまい？」

「——……あ」

息を呑み、バートを振り仰《あお》ぐ。見開かれた瞳……気遣いのできる彼女のことだから、いまの告白で心を傷めてしまったのか？

「バートさま、わたし……」

「いや、いいんだ。もう済んだことだから」

バートは慌てて笑顔をつくり、ハニーブロンドを優しく撫《な》でた。

「なにも案じなくていいよ。大事なのはいま、あなたが私の腕のなかにいるという事実だ……そして私がそれを覚えていられるということではないか？」

そしてふと、心に過ぎった不安。

「それとも、きみはまだあのコリンという少年のことが……？」

「彼はもう、帰ってきません」

悲しそうに首を左右に振る。その反応に必要以上の動揺《どうよう》を感じ、やはり彼女はかつての恋人を忘れられないのかと暗鬱《あんうつ》な気持ちになりかけたが、

「バートさま、違うの……わたしは、あなたをそんなにも幸せにしてさしあげる自信がありません」

「ん？　……なぜ」

「だって、わたし、みそっかすで……できそこない、なんですもの」

「……」

王女は大真面目《おおまじめ》らしく悲しそうに頷《うなず》いた。一瞬、呆気《あっけ》にとられたバートだが……我に返ると……申しわけないが、吹きだしてしまった。空色の目がきょとんとして大きくなる。

「どうして笑うの？」

これが笑わずにいられるだろうか？　彼女がみそっかすだと？　だから自信がなくてバートを拒《こば》んでいた？

「馬鹿なことを……あなたのような王女、狼をも恐れずに身を委《ゆだ》ねてくれた勇気あるひとのどこができそこないなんだ？」

「だって、そうなんですもの。私、おかしい子なんです、生まれたときから……身体《からだ》が火照《ほて》ると、蜂蜜の匂いがして、しまって」

「それのどこがおかしい？　ひとにはひとそれぞれの匂いがあるものだよ」

「だけど、蜂蜜の匂いなんて、お菓子みたい、で……ぁ」

悲しそうな眦《まなじり》に、ちゅっと口づけてやる。なかのものがより硬くなったのを感じ、王女は目をみはった。

「あなたの蜂蜜が私は大好きなんだよ、可愛《かわい》いひと。このハニーブロンドもとてもおいしそうだしね」

「いやです、ん……っ」

ふわふわの髪に頰《ほお》ずりしてもなお、彼女はいやいやと首を振り、まだなにかくだらないことを言おうとするので、キスで口を塞《ふさ》いだ。

「わたし、もうひとつ……ん……けほっ……」

構わずに舌を絡ませる。明るい展望にバート自身の雄《おす》が張りきり、血流を増して彼女のなかでびくついた。これ以上はもう、秘密などいらない。じっとしていられず、腰を動かす。口づけのあいまに愛らしい嬌声《きようせい》が起こった。

「ぁ！　ぁ、バートさま、まだわたし、言ってない……あっ、ぁ、そんなふうに動かしては、だめっ……聞いて、ほしいの……、ぁんっ！」

「あなたの話などより、私のほうの話を先にしてほしいな」

囁《ささや》いて、耳朶《じだ》を舐《な》める。なかがきゅっと締まる感触で、彼女は耳が弱いのだとわかった。

「ふぁっ……耳、くすぐった……ぃ、ぁあん！　バートさまの、お話、って……ぇ、ぁん、だめ、そこは……お尻は、触るのだめぇ！」

双丘《そうきゅう》を降ろしていった手の指を、奥のつぼみに添えただけで……びくびくっと怯えてなかかを締めつける。軽く指を沈めてやると、溺《おぼ》れるひとのようにバートにしがみついた。

「バートさま、わたし、だめな子なんです……こんなふうに感じちゃったら、だめなのに、みそっかすだから……ぁん！」

「愛しあう同士のまぐわいの快楽は、この世のなによりも素晴らしいじゃないか。あなたを笑うものはこんな幸福を知らないかわいそうな人々なのさ。ねえ、ベリンダ――あなたのそんなふうな素直な反応こそが私に喜びを与え、生きる希望をくれるのだから、自分を卑下《ひげ》したりしてはいけない」

「ぁ、ふ、ぁ……バートさま、どうかわたしのこと……きらいにならないで」

「なるわけがないだろう！　あなたがこんなにも素敵だからこそ、もはや私はあなたなしでは生きられないし、生きようとも思わなくなってしまった。責任を取ってくれなくてはね……私のそばで、一生を過ごすことで」

「ん、んぁ……します、だけどわたし……ぁ、んん――！」

揺すぶりあげる体が、どんどん熱くなっていく。揺られる王女の目から涙が溢《あふ》れ、散っていくさまはダイアモンドの雨のよう。彼女は美しい――……ベリンダがくれる幸せを、バートは彼女に返すことができるのだろうか？

その重責におののきつつ、バートは心から求めるひとのなかに自分のものを深く突き入れ、息を切らしながら言った。

「結婚式をはやくしよう。こうなった以上、二人のあいだにいつ、子ができてもおかしくないのだからね。司祭を呼び、衣装も準備させて、二人がともに人生を分かちあうことを神の御前で誓うんだ」

「ぁ……は……、……バートさまの、赤ちゃん、欲しい……ですけれど、その前に……」

「お父上への報告ならあとでいい。ほかに、忘れていることがあるかな？　……ああ、そうだ。大事なことを忘れていたかもしれない」

もう一度強く突く。王女の白く眩《まぶ》しい膨《ふく》らみが、たわんで揺れた。

「あぁ！」

もう逃がさないと……深々と貫いてやってから、わななく唇を親指で押さえ、心をこめて、

「私と結婚してください。ベリンダ・エミリア・クローディア王女殿下」

「バートさま、ぁ、ん……ちゅ……ぁ、わたし……んくっ……あなたと、結婚、ぁ、したい……です、……だけど、ミュ……だから、ん、あっ、わた、し、ぁあん！　あ、あ、ぁああ――――……！」

囁きが彼女の絶頂をはやめ、返事のあいまにはじまった蠕動《ぜんどう》がバートを絞《しぼ》りあげた。

「う……！」

ぐり、と乙女《おとめ》の最奥《さいおう》を抉《えぐ》った先端が、濁流《だくりゅう》を放つ。その熱がまた彼女を煽りたたせ、王女の花襞は悦《よろこ》びに躍った。どくん、どくん、とほとばしる精をきゅうきゅう締めつけながら呑みこんでいく。

(愛《いと》しいひと)

くったりと力なくもたれてくる王女のハニーブロンドに顔を埋め、バートはその小さな体を抱きしめ、あやすように揺らした。

彼女にはまだ迷いがある……だけれど、結婚を承知はしてくれた。だからこそ、もはや時間を無駄にしたくない。

司祭と、衣装と……立会人も必要だったろうか?

一刻もはやくベリンダを妻とするために、どう動くのがいちばんいいだろう?

Granité（口直し）✦ そのころ、ベリンダ

ハニーポッド・ヴィルの領主の館。籐椅子《とういす》に寝っ転がったベリンダのできることといえば、大あくびだけだ。

「…………ふぁあああ」

とにかく、暇。たいくつ。舞踏会もなければ各国大使との謁見《えっけん》もなく、身の程知らずの貴族の若者が求愛のために忍んでくることもない暮らしなんて！

（十日どころか三日で飽きちゃったじゃないの。ミュリエルったら、あたしを放っておいてどこにいるの！）

ベリンダの婚約者のもとにいるのである。

……呪《し》われているという噂《うわさ》の、公爵のもとに。

結婚を強いられた腹いせに八つ当たりしてみたものの――……内気な妹を野蛮《やばん》な貴族のもとへ送りこんで、それで満足しているわけではないのだった。

だいいちあの人見知りが顔も知らない男相手にまともに応対できるはずがない。どうせ、すぐにぼろをだすか熱を出して送り返されてくるのに決まっている……そう踏んでいたのだが。

指折り数えて、三日目。……いくらなんでも遅すぎるような？

（あの子ったら、のろまで、まぬけで……とにかく内気だからまさか公爵と一言も話せないまま
まうじうじ悩んでいるんじゃないでしょうね。ああ！　もう……こんなことなら兵たちを帰すんじゃなかった！）

バーソロミューの森から出てきた兵たちは、ミュリエル王女（中身はベリンダだが）への挨《あい》拶《さつ》もそこそこに、王都へ帰ってしまったのである。なにやら急いでいたのは、森のなかに残してきたベリンダ（中身はミュリエルだが）に問題が起こったからだろうか。

……不安になるじゃないの。

窓越しにのどかな田舎《いなか》の空を見つめて、溜息をつくと、

「……ミュリエルさま。コリンが来ましたよ」

「ああ、そう……じゃなかったわ、はあい！」

館の家事を一手に担《にな》っている女が知らせに来たので、慌てて猫をかぶった。いまのところだれにもすり代わりはばれていない……一人をのぞいて。

またうるさいことを言いだしたら引っぱたいてやるわ――身構えて、ベリンダは来客を迎えた。現れたのはベリンダとも近い年頃の少年だ。もちろん格好は洗練されていないが、見た目は悪くない。しかも今日は、初対面のときとは違い、ずいぶんさわやかな笑顔をみせていた。

（あら、可愛いじゃない）

これなら少し遊んでやってもいいかもしれない――なにしろ初対面のときはひどく胡乱《うろん》な目

つきで『あんたはミュリエルとぜんぜん似てないよ』と言いやがったのだから、この無礼者は――やや機嫌がよくなったベリンダに、コリンは笑顔でガラスの瓶《びん》をさしだした。

「ミ、ミ、ミュリエル、これ――きみが楽しみにしていたものだよ」

「まあ、なんだったかしら」

贈りもの？　気が利《き》く少年は大好きだ……手渡された瓶は両手で包みこめるほどの大きさで、なかに金色の液体が満ちている。蜂蜜だろうか――きらきらして、きれいなものだ。うっとりして瓶を空にかざし、なかに目を凝《こ》らしたベリンダは、

「……きゃあっ、なによこれ！」

ぎょっとして手を離す。すかさず横からコリンが瓶を受けとめ、それを――……金色の液体の底に蜜蜂の死骸《しがい》が数匹、ふよふよ浮かんでいるのだ……ベリンダに押しつけようとした。

「どうしたのさ、きみが見つけたはぐれ巣じゃないか。約束の、カップいっぱいの蜂蜜だよ」

「近づけないで！　あんた、あたしがあの子じゃないって知っているでしょ！」

「ふうん、でも双子なんだろ？　だったらきみだって、蜜まみれの蜂を頭からばりばり食べるのが好きになるさ、きっと」

あの子ったらいったい、田舎でどんなゲテモノを食べていたのよ！

コリンはにやにやしながら瓶《びん》の蓋《ふた》を開け、蜜に指を突っこんで蜂を取りだす。金色の雫《しずく》を滴《したた》らせた蜂は、羽根も足もそのまま、生きているようで……、

「き……きゃ――――――！」

それを口に入れられそうになったところで、限界だった。ベリンダは身も世もなく悲鳴をあげて籐椅子の後ろまで逃げ、

「出ていきなさい、無礼者！　お、おまえなんかほんとうは、あたしとは口も利《き》いてはいけない立場なんだからね！」

涙目で非難したところ……少年が、ふいに暗い顔つきになった。

「……知ってるよ、そんなこと」

蜂を瓶に戻し、蓋《ふた》をする。ベリンダはほっとしたが、急に素直になった少年の態度が解せない。

「王女さま、もしくは王女殿下、とお呼びなさい。あたしの名はそれだけ尊《とうと》いものなんですからね」

つんと鼻をそらし、

「で？　それで？　あたしをいじめて満足したの？」

「……この村のみんな、ミュリエルのことが好きなんだ。だけどあの子があんたみたいに高飛《たかび》車《しや》なひとだったら、好きにならずにすんだんだろうな」

「馬鹿おっしゃい、宮廷じゃあの子のおどおどした態度のほうがおかしいのよ。だいたいね……ちょっと、待って？」

ひどく眉《まゆ》をひそめた少年の表情に、ぴんとくるものがある。ベリンダは自分に意地悪をした仇《かたき》にゆっくりと近づき、真下から覗《のぞ》きこんでやった。

「ミュリエルを好きなのは、あんたなんでしょ」

かあっと耳まで赤くなる反応。可愛らしいったらありゃしない。ベリンダはさらににやにやしながらとどめをさしてやった。

「ふうん、へえ、そうなんだ。あの子を好きなの――……だけど残念ねえ、ああ見えてミュリエルだって、あたしと同じ王女なんだから、身分ってものが違うのよ」

「そんなこと、わかってるよ！」

王女の言葉を遮《さえぎ》るなんて、やっぱり無礼な男。憮然《ぶぜん》とするベリンダにコリンは叩きつけるように言った。

「わかっている――だけど、僕はミュリエルの幸せを望んでいたんだ！　あんたみたいな女の身代わりじゃなく、彼女自身が選んだひとと祝福されて結婚してほしかったんだよ！」

「あたしだってそりゃあ同じ気持ちよ。王女なんだから命令されたかたのもとへ嫁《とつ》ぐことだってあるけれど、あの子はまだ……」

ぽろりと、少年の頬《ほお》に涙がこぼれたので、ぎょっとした。

「泣くことないでしょ。なによ……あんたもミュリエルと同じ、泣き虫なの？　そんなに悲しそうな顔をしなくたって、あの子ならじきに帰ってくるんだから」

「来るもんか。もう――ミュリエルは狼公爵のとりこになっちゃったんだから」

「――なんですって？」

「僕はバーソロミューの森を抜けてミュリエルを迎えに行ったんだよ。だけど、あの子は狼公爵に抱きしめられていて……気持ちがいいんだって。だけど、あんなの間違いだ！　自分が身代わりだってことさえ明かせずにいるのに、お互いを騙《だま》したままでどうして幸せになれるっていうんだよ！」

「そんなこと知るもんですか……」

　この少年がミュリエルを大好きだというのは、間違いないらしい。ハニーポット・ヴィルからバーソロミュー公爵の領域に踏みこんで、ミュリエルに会いにいってくれるなんて……勇気がなければできないことだ。

（それが、なに？　ミュリエルは狼公爵を好きになったっていうの？）

ならば一生ベリンダとしてバーソロミュー公爵夫人となって暮らすつもりだろうか。笑えない冗談だし、だいいちベリンダだって困る。

「じゃああんた、狼公爵っていうのを見たのね？　呪いってどんなふうなの？　ひどく醜《みにく》かった？」

　コリンは眉《まゆ》をひそめ、

「醜くは……ないよ。特に昼間は、背が高くて、尊大だけれど男らしい男だった。顔だちは整っていたし、あれなら女の子は放っておかないと思うよ。だけど……夜は」

　思いだしたくないとでもいうように、口ごもる。

「それでミュリエルは縄で縛《しば》られているの？　それとも、鞭《むち》を使われているとか、見張りがついているとか」

「違うよ。ミュリエルは自分の意思で残るって――帰れないって言ったんだ」

「なによそれ――じゃあ、あの子はあたしの婚約者をとっちゃうつもりなんじゃない！」

この三日間、ベリンダはいつミュリエルが泣きながら帰ってくるかと期待していたのに。

――ごめんなさい、ベリンダ。わたし、やっぱりできない！

――おばかねえ、ミュリエル。わかっているわよ、同じ双子でもこんな大役はあんたには無理で、あたしにしかつとまらないってこと！

ずっと昔からだ。ベリンダとミュリエルは同じ姿で生まれてきたのに、ミュリエルのほうが泣き虫でいつも自信がなくて、ベリンダの背中に隠れてばかりいた……でも、いつも蜂蜜の甘い匂いを漂わせているあの子のほうが、ほんとはみんなに愛されていた。

ミュリエルが隠れようとするから、ベリンダはいつも自信満々でいなければならなかっただけで。

（だって、王女だもの。王女が二人ともめそめそしていたら、格好つかないじゃない）

乳母に叱《しか》られたときだって、両親が外遊に行ってしまったときだって、ミュリエルが泣いているときベリンダは胸を張ってがんばった。もしもミュリエルが泣き虫じゃなかったら……ベリンダも強がりようがなくて、もっと可愛らしい娘になれたかもしれない。

肖像画の、公爵……ベリンダだってバーソロミュー公爵が醜くない若者だということは知っていた。黒灰色の髪を持ち、深緑の目が穏やかそうな、素敵なひとだと感じたくらいだ。もちろん呪いの噂《うわさ》は知っていたし、恐ろしかったけれど、それ以上に不安だったのは、

（あたしは、可愛くないもの。ミュリエルみたいに愛らしくもないし、女の子らしくもないもの）

自分が、夫に愛されないかもしれないということだ……。

もしも初対面で会うのがミュリエルのほうだったら、公爵は間違いなく妹を好きになる。だけどミュリエルは気が弱いから……そのあとでベリンダが颯爽《さっそう》と現れてやって、結婚を承諾《しょうだく》してやれば、狼公爵だって王女のありがたみを再確認して大事にしてくれることだろう。

そんな、馬鹿みたいな計算は……まったく無駄だった？

（あたしのいやな予感が的中っていうわけね——……だけど、おあいにくさま！　狼公爵さまが娶《めと》らなきゃならないのは優しいミュリエルじゃなくて、このベリンダさまよ。だいたい、ミュリエルもどうするつもりよ。ベリンダの名で結婚できたところで、それはあなたの誓いにならないんだからね！）

同じ姿で、同じ王女でも。名を偽ったまま誓いをたてたら、それは偽りの結婚だ。

……いますぐ、もとに戻らなきゃ。

取り返しがつかなくなる前に、すぐ。

それにはどうするのがいい？　いつ、どこで、どうやって——親指を噛《か》んで考えこむ。コリンはミュリエルとそっくりな王女を複雑な面持《おもも》ちで見つめていたが、馬のひづめの音が聞こえたので窓を振り向いた。

「……馬だ」

早馬？　どこから？　まもなく家政婦が慌《あわただ》しく狼公爵からの使いを取り次いだ。アルバート・バーソロミュー公爵曰《いわ》く——ミュリエル王女におかれては、ぜひとも姉姫とバーソロミュー公爵との婚姻の席で誓いの証人となってほしいとのこと。

なお、結婚式は明日にも取りおこなう意向である——とのこと。

天啓だ。


妻の名誉を背負って、銀狼はオーク王の軍に加わった。

森の獣たちを巻きこむことはせず、ひとりで。

戦場を疾駆して敵将の首をとり、王を喜ばせた。

ひとは銀狼を『狼将軍』と呼ぶようになった。

狼将軍を味方につけたフロランシア姫を称《たた》えるようになった。

銀狼はそのことをよしとした。


戦いのあと銀狼は洞窟に戻り、フロランシアに毛並みを梳《す》いてもらった。

二人で一つの肉を分かちあって食べたあと、フロランシアを抱いた。

フロランシアのなかはいつも燃えるように熱く、抱き飽きることはなかった。

妻の腹部がだんだんと膨らんできたのが喜びであり、不思議でもあった。

ひとと獣は夫婦になれるが、子をなせるものだろうか？

そしてフロランシアがだんだんと瘦《や》せていくのが気がかりでもあった。
フロランシアは銀狼が戦場に赴《おもむ》こうとするたび、行かないでほしいと泣いた。
あなたのために戦っているのにどうして悲しむのか?

Les poisson（魚料理）　婚礼衣装を着たまま偽花嫁のあぶり焼き

ベリンダ・エミリア・クローディアは姉のこと。

ミュリエルの名前は、ミュリエル・ローズマリー・マリーベル。

……そんな簡単なことを、夫となるひとに告げるのが難しい。

(ほかに嘘はないのに)

自分が王女であることも、バートの花嫁になりたいことも、彼を……愛しているということも。

唇に、紅がひかれる。同じ顔の召使たちが満足そうに、いっせいに立ちあがった。

「さあ、お化粧《けしょう》ができましたよ！」

「白粉《おしろい》よりももとのお肌のほうがおきれいなのはまいりましたけれどね」

「なんて愛らしい花嫁さま！　公爵さまもきっと見惚《みと》れますわ」

「もっとも、とっくにお二人は実質的にご夫婦らしいですけれど！」

彼らは昨日今日と大忙しだったのだ――……公爵が、いったんお流れになった結婚式を急きょ取りおこなうことにしたと命じたものだから。

「ありがとうございます、みなさん……」

ごちそうの材料を大慌てで揃《そろ》え、広間を飾りつけ、虫干しして仕舞いこまれるところだった花嫁衣装を引っぱりだすのはさぞ手間だったろう。

百合《ゆり》の花びらを重ねたみたいな、純白のドレス。生地のきらきらした光沢《こうたく》がハニーブロンドと溶けあってまばゆいくらいだ。

「前公爵さま、バートさまのお母様も生きていらしたらさぞお喜びでしょう。わたくしも心より安堵《あんど》いたしました、うぅっ……」

涙ぐむ執事に、ミュリエルが言えることといえば、

「いろいろと……ご面倒をおかけしてしまって」

「よいのです、よいのですよ、それは……ぁあ！　バートさま、もうこちらにいらっしゃったのですか！」

「花婿の着替えなど簡単なものだからな――」

王女の部屋に現れたバートは……簡単に着替えただけ？　そんなの嘘だと思うくらいに――素敵だ。黒灰色の髪を頭にぴったりと撫《な》でつけて、さっそうとしていて。花嫁の純白のドレスと対照的な宵闇《よいやみ》色のタキシードは背の高い体をますますすらりと見せている。

ミュリエルはぽうっとなり、花婿に見惚れた。

「バートさま……」

召使たちが含み笑いを交わし、こそこそと退室していく。バートは居心地悪そうに背中で手

を組んだまま彼らを見送ったが、部屋に二人きりになると、ひとときも我慢できなかったようにミュリエルに近づいて両手を握った。深緑の目に、白くたおやかな花が映っている。
「……美しい」
てらいのない感想。ミュリエルの心はますます蕩《とろ》けてしまって、バートの顔が近づき、唇が
自分のそれに触れるまでの一連の動作をとめることなどできなかった。
小さく音をたてて離れた唇。バートの口がほんのり染まってしまったのを見て、
「……いけませんわ。紅が、ついてしまいました」
「じゃあ、拭《ぬぐ》っておくれ」
手は握られたままだ。ん？　と、突きだされた顔におずおず顔を近づけ……舌を出す。ほか
のところでは化粧がついてしまうから……ミュリエルは桃色の舌をとがらせて伸ばし、バート
の唇の赤くなったところを舐《な》めた。つるつるの、きれいな唇。ちろちろ、と一生懸命紅を舐め
とっているのに……バートは唇を薄く開け、ミュリエルの舌をはさんだ。
「ちゅ……は……っ」
触れたら紅がつくから。ミュリエルは口づけにならないようにめいっぱい舌を伸ばしている
のに、バートは真剣さをからかうように舌をどんどん食べていって、あまつさえ、
「ぁんっ！」
親指を伸ばして、ミュリエルの胸の先をつん、とつついた。驚いて舌を引っこめてしまう
――追ってきたバートの唇が口づけを奪い、そのまま包みこむように抱きしめられた。唇のな

かで舌を絡ませあい、バートの手のひらが胸の膨《ふく》らみを撫《な》でるままにさせた。

すでに幾度も体を重ねているはずなのに、この交わりの予感のときはいつだって緊張した。

自分がどんなふうに乱れてしまうのか、気持ちよくなってしまうのか……わかっていて、わからない。抱かれるたびに新たな発見があるから……だけど、いまは結婚式を控えているときだ。

「ば……バート、さま……」

「ん？」

たわむれに衣装にそってつまんでくる。指の動きのとおりに、ミュリエルの乳首はすぼんでいった。

あまり刺激されたら、花嫁衣装越しでもみんなにわかってしまうようになるのに……ミュリエルは潤んだ目でバートを見つめつつ、意を決して口を開いた。

「わたし――あなたに、大事な秘密を……持っているのです」

「また、その話かい。今度はなにかな？　この髪のなかに蜜蜂の巣を隠しているとか？」

ちゅっと前髪にキスを落とされ、真っ赤になる。

「もう！　違います、そうじゃありません――……ん」

眦《まなじり》から、頬《ほお》へ。柔らかいキスが触れていく。

「それともあなたは、刺すよりも刺されるほうが大好きな蜜蜂だとか？」

手のひらがお尻にまわり、下腹部がぴったりと重なりあう。手と、そこの部分の熱が体の芯まで届いて、ミュリエルのなかはもうとろとろだ。

大事な秘密——名前のこと。

ベリンダか、ミュリエルか……それがそんなに重要なことなの？

「あ……んっ」

もぞつかせた両膝が、椅子《いす》にぶつかる。かすかな物音を敏感に聞きとり、バートもミュリエルの耳朶《じだ》に向かって息を乱しながら言った。

「我慢できないのだね、いけない花嫁さん……肌が桃色に染まって、蜂蜜の香りが強くなったよ」

「そんな……あん、だって……あなたの手……息、も……待ち遠しかったのですもの」

昨夜、ミュリエルは一人で眠ったのだ——バートは狼公爵に婚約者を抱かせることをよしとせず、鎧戸《よろいど》を直したうえで厳重に自らを閉じこめて、今日の日を迎えることにしたから。壁越しに遠吠えを聞くたび、ミュリエルの肌はだんだんと熱くなり、なかから蜜が溢れてきて……朝を迎えるまでに死んでしまいそうなくらいにつらかった。狼公爵でも、バートでもいいから……、

「……抱いてほしいのか」

しがみついてくる花嫁の肌が熱い。両胸の先がぴんと立って、衣服越しにバートの胸を押してくる。困ったひとだと、バートは笑った。

「こんなふうに全身を桜色に染めたまま誓いの場に現れたりしたら、不犯の誓いをたてた司祭

でさえ色香にあてられて困ってしまうだろうに」

「ああ、ふ……バートさま、バートさま、あ……」

「――仕方のないひとだね。じゃあ、私が椅子《いす》に座るから……あなたはそのうえに座ってごらん」

「……は、い」

真っ赤になりながらもこくんと頷《うなず》いたのは、それくらい欲しかったからだ。バートが椅子に腰をおろして前を寛《くつろ》げると、欲棒が自由を得て勢いよく飛びだした。雄《おす》はすでに黒曜石《こくようせき》のように艶《つや》めき、天井を向いてそそり立つ……見入ってしまうミュリエルに、

「ドレスが皺《しわ》にならないように、裾《すそ》をたぐって」

低く命じた。逆らえるはずもない――……ミュリエルは左手をバートに委《ゆだ》ねつつ、右の手で花嫁衣装のスカートをたくしあげた。片膝を公爵の太腿のそばにおく。椅子が軋《きし》んだ。たっぷりした布がすぐに二人の局部を覆《おお》い隠してしまい、なかの状態がわからなくなる。しばし無言のまま熱と花の位置をさぐりあったあと、欲棒の先端が花びらに張りついた。

「ふぁ……」

ぱくん、と花が雄を食べ、奥のほうがはやくこちらにも欲しいと蠢《うごめ》きだす。快楽前の期待だけでいってしまいそう。喘《あえ》ぐミュリエルに、

「腰を沈めて……ほかの場所にはもう触れないよ。なかだけで味わってごらん」

「なか、だけ……で?」

「そう。じきに結婚式がはじまるのに、衣装をだいなしにはできないからね。こら、胸を触っちゃだめだ……ゆっくり、深くしてごらん」

ミュリエルが乳首を探りそうになっていた手を、バートが押さえこんだ。

命じられたミュリエルはバートと手をつなぎながら、ゆっくりと腰を落としていく。

ず、ず、っと肉が肉を擦る……体のなかを、バートのものが行き来する。くびれが襞《ひだ》をめくり、擦りあげ、また引いて、押しあがってくる。自分のなかにざらざらした壁があるのを感じた……ざら、ざら、と擦られるたびに響くかすかな感覚が、だんだんと大きなものとなってミュリエルを満たしていく。

「う……ん、ぁっ」

乱れはじめたミュリエルの指に、バートが指を絡ませる。支えてやると安心して、彼女はより深く感じられるから。首を反らしてハニーブロンドをふわふわ漂わせながら、純白と桃色が混ざりあった花嫁は大きく身を揺らした。

「ぅあ、ふぁ、あ、ぁっ、あ、ぁあっ、バートさま……ぁっ……気持ちいい、ですか？」

自分ばかりが感じているのかと、心配なのだろう。いらぬ気遣いに笑みがこぼれる。

「ああ、最高に……すぐ、いってしまいそうだ。あなたは？」

「いいです、わたしも、もうすぐ、もう……も……ぁ……あ」

「おっと」

先に達してしまいそうなミュリエルの指を強く握りこんで、公爵は動きを押しとどめた。こめかみに汗が滲《にじ》む……じっとしていても、ひくひく、と痙攣《けいれん》する花嫁の襞《ひだ》の心地よさがじんわりと沁《し》み、呼吸を深くしなければおぼれてしまいそうだ。

「ぁ、ぁう、あ……」

達する直前でとめられ、息も絶え絶えなミュリエルに、

「動かなければだめかい?」

提案する。なあに、と問う空色の目に、

「よく、感じてごらん……あなたの襞がぐにぐに蠢《うごめ》いて、私のものをきつく締めあげている」

「ゃ……だって、それは……大きく、て……ぇ! あなたも、びくびくって、動く……っ」

雄に力を込めたり緩《ゆる》めたりして、軽く動かすことは可能なのだ。新しい驚きに目をみはる花嫁に、バートは囁《ささや》いた。

「私たちは完全にひとつのものだね」

「はい……は、ぃ……」

「私のことが好き?」

「はい……好き……バートさまが、好、き……ぃ」

「獣に変わった私のことは?」

「好き……」

好きという響きも好きだし、それを素直に伝えられる相手がいるという幸せが、好き。

うっとりして答えたミュリエルに、バートは嬉しげながらも——仕方がないか、というよう

な微笑《ほほえ》みを向け、

「じゃあ、なかのお口をもっと動かして。体を動かしちゃいけないよ。私を味わって、よく噛んで食べておしまい」

「う、ふぅ……んっ、ん、んぁっ」

手をつなぎあいながら、ミュリエルは目を閉じて自分のそこを意識する。入り口できゅっきゅっと食《は》み、襞を蠕動《ぜんどう》させて棹《さお》を絞《しぼ》ってゆき、部分部分できつく締めて、バートに甘い声をあげさせた。

「いいよ……食いちぎられそうだ。きみは？　このまま、達せそう？」

「あ……あ……ぁ」

なかで感じることに集中するあまり、ミュリエルはきつく目を閉じたままだ。足りないぶんをわずかに腰を揺らすことで補うが、もうバートもとめたりしない。溶けあった熱を互いが受けとめて火照《ほて》りを増し、襞をも溶かす。花びらがぐちょぐちょになって、バートの根もとを絶妙にくすぐった。どろどろになったなかではじけるものが見つかったとき、ミュリエルは悦《よろこ》びのあまりバートの指を折れそうなくらいに握りしめた。

「つっ……」

「き……あや、ぁ！」

……あやうく、誓いの指輪をはめる指を折ってしまうところだ。

がくがくと身を震わせたミュリエルから蜂蜜の甘い匂いが立ちのぼり、同時に欲望を放ったバートの空になった心まで、その香りで満ちる。なんて、幸福だろう……。

ぬくもった体を両腕に抱きとめたとき、これまで以上の愛しさに突き動かされたバートはハニーブロンドをかき抱いた。

なんて柔らかな肌なのか。蜂蜜でできた雲のような髪。春のそよ風のような吐息。

このひとは、私にとっての花そのものだ……生きる希望であり、すべて。バーソロミュー公爵としてできそこないだったバートを孤独から救い、けだものの呪いから解放してくれるもの。

……私は、彼女になにをしてあげられるだろう？

「ベリンダ」

呼びかけると、空色の目がバートを見つめ……震えた。不安になっている？　これからのことに？

そうではなくてミュリエルは……言わなくてはならない、だけど、いまこの瞬間の幸せを壊してしまいたくない。そんな葛藤《かっとう》に揺れているだけ。

彼が抱いているのはそんな嘘つきの花嫁なのに——バートは慌《あわただ》しい動きで首飾りを外し、ハニーブロンドに紐をくぐらせた。三日月形の象牙色の牙が、胸元に吸いつく。バートのぬくもりが移ったそれをミュリエルは見つめ、またたきした。

「……、これ」

「私にはもう必要ないから」

少しでも彼女の安心になってほしいと……願うバートは、桜色の胸におさまった牙に指で触れた。

「昔の私は自分がいつ狼に囚われてしまうのかと怯《おび》える子供だった。そんな頼りない後継ぎに父母がくれたお守りだよ……かつてバーソロミューの森の王だった銀狼の牙だ。これをつけていれば狼はあなたに手出しできない」

「そんな、大事なものは」

「あなたは私の女王さまだ」

バートはごく自然に告白し、ミュリエルの胸に手をあてた。

「バーソロミューの森の女王陛下だよ。私の愛も、夢も、希望も永久にあなたに預けよう。永遠にあなたを愛することを、ここに誓……」

神の御前でなければ、まだ許されるだろうか？　バートがミュリエルを愛《いと》しい王女だと思ってくれているうちに、幻でもいいから、聞いておきたい――……そんな望みは、

「う……げっほん！」

扉の向こうで咳払《せきばら》いをした執事に遮《さえぎ》られる。ミュリエルははっとしてうつむいた。バートも溜息をこぼして身を離し、

「なんだ」

「あ、え――……公爵さま。ただいま、王女さまの妹殿下がお着きでございます」

（ベリンダっ？）

来るとはわかっていても、悲鳴をあげそうになってしまう。姉姫を見たら、バートは彼女こ

そが自分の相手だと気づいてしまうだろう。いっそどこかに隠れてしまえたら……蒼ざめて椅子から降りたものの、膝がくだけて座りこんでしまう。バートは笑って、王女を抱きあげた。

「そんなに慌てなくても……まあ私も、いまこういう状況であなたの妹君に会うのは気まずいかな」

部屋には男女の香りが満ちているし、花婿衣装の一部もミュリエルのせいで濡れていた。バートは大切に王女を椅子に座りなおさせると、スカートの裾《すそ》の乱れを整えてやり、

「大丈夫、あなたがあんなに乱れていたことなど、妹君にはわからない……で、私はこっそり反対側の扉から出ていっても構わないだろうか？　それでは逃げたと思われるかな」

うおっほん、とまた咳払いしたのは執事で、

「え――……ミュリエル王女さまは式の前に姉上さまと二人だけの時間を持ちたいと泣いておられます」

「泣いて？　それは……まいったな」

バートは王女の頬《ほお》に手をあて、微笑んだ。

「あなたの妹姫はもしかしたら、あなたがけだものに奪われることを不安に思われているのかもしれない。そうではないと――……あなたが許してくれたように、妹姫も認めてくださったらいいのだが」

「バートさま……わたし――ミュリエル……は」

「ミュリエルというのだったね、あなたの妹君は。式のときに会えるのを楽しみにしている

「――じゃあ、あとで」

泣く義妹を待たせてはいけないと思うらしく、バートは軽く王女の額に口づけただけで身を翻《ひるがえ》した。大股《おおまた》に部屋を横切り、隣室へと姿を消す。

（ミュリエルは……あなたを、認めるどころか……）

廊下《ろうか》側の扉がかちゃりと開いて、ミュリエルと同じ背格好の少女が滑りこんできた。ショールを目深《まぶか》に被《かぶ》っている……彼女はまっすぐに反対側の扉へ向かうと、隣室をのぞきこんでだれもいないのを確かめ、ようやくミュリエルに向きなおった。

ふう、と、息をつく。外したショールの内側から、濃い金色の髪がこぼれだした。

「おとなしい振りをするのも大変よ。息苦しくって」

「……ベリンダ！」

ミュリエルは腰を浮かせた。体のなかでバートのものが漂うのを感じたが……足をもつれさせながら姉に近づき、感極まって抱きつく。牙のお守りが、嗚咽《おえつ》とともに震えた。

「ベリンダ、ベリンダぁ……！」

「あんまり大きな声を出したら変に思われるわよ。でも……おぉ、よしよし。あんたはやっぱり泣き虫さんね」

姉の胸のなかにいると、幼いころにかえったようだ……昔から、ベリンダはミュリエルが泣いていると深く抱きしめて、背中をさすってくれる――同じ年齢で、背格好も変わらないのに、ずっと大人で、ずっと優しい。嗚咽がとまらないミュリエルを刺激しないよう、静かに話しかけてくれる。

「もう大丈夫よ、安心しなさい……大変だったわね、わかっているから。でもあんただって悪いのよ、身代わりがいやならいやだって、はじめにはっきり言わないから」

「ひっく……だってそれは……っく、ベリンダが、心細そうだったから……ひっく」

「弱いくせにひとに気を遣うから、かえって泥沼から抜けだせなくなるのよ——あんたがいまどうなっているのか、その格好を見りゃわかるわ。狼公爵閣下はいまだにあんたをベリンダだと思っていて、結婚までしちまおうっていうわけね」

　ベリンダが呆れるのも当然だ。ミュリエルは、自分が着るべきではない姉の花嫁衣装を身にまとってしまっているのだから——涙が溢れてきて、白粉《おしろい》とともに頰をこぼれる。

「ごめんなさい、ベリンダ、わたしも、どうしたらいいのかわからなかったの」

「もういいわよ。まったく、狼公爵の領地が森だっていっても、こんなにも人里から離れているとは思わなかったわ……ここまで来たあんたのお友だち、勇気があるわね。大切にしてやりなさいよ」

「コリンのこと？　元気でいるの？」

「ああいう子は元気だけがとりえじゃないの？　もちろんよ——一緒に来て、森で待機しているの……あんたを無事に帰してやるためにね」

「え？」

　物分かりの悪い妹に言葉で説明するのは面倒だと知っているので、ベリンダはおもむろに花嫁衣装のボタンに手を伸ばし、一つずつ外しはじめた。だんだんあらわになっていく背中……はらりと襟《えり》がはだけ、胸元が見えてしまってからミュリエルは慌てる。

「きゃ、ぁっ……ベリンダ、なにっ?」

「なにって、服を取りかえるのに決まっているでしょう」

しゃがみこんで、下までボタンを外してしまうと、今度は彼女自身が着てきた服の帯をほどいた。粗末ではないが簡素なドレスは、ハニーポット・ヴィルで暮らしていたミュリエルの一《いっ》張羅《ちょうら》だ。

するりと服を脱いで下着一枚になったベリンダの半裸は、若木のように清々しい。肌はぴんと張りつめて清らかで、両胸もかたく丸みを帯びた未熟な果実に過ぎず——未開のつぼみの美しさを残している。

花嫁のための衣装がどんなに押さえていてもずり落ちてしまい、なかから現れたミュリエルの裸体といえば……肌はほんのり桃色に熟しかけており、両胸はベリンダよりも大きく腫《は》れているようで、先端が、あり得ないくらいにぴんととがったままだ。

比べようもなく、もう……清らかではない。ベリンダのほうがきれい。そんな自信のなさにとらわれて両胸を隠そうとする妹の手を、ベリンダが引っぱる。

「ほら、はやく」

「……や」

抵抗してしまうのは、この衣装に……バートの香りが残っているからだ。蜂蜜の香りに紛れた男女の睦言《むつごと》の香りに、まだ処女のベリンダは気づかない。妹の肌がほんのり湿っているのは、泣いて汗をかいたからだろうと思うだけ。

「だだをこねている場合じゃないでしょう！」

低く、鋭くミュリエルを叱りつけた。

「あんたがベリンダの振りをして結婚したって、その誓いは成り立たないの。偽りの相手を寄こしたとなれば、お父様とバーソロミュー公爵の信頼関係にもひびが入るわ。入れかわれるのはいまだけ——……ううん、入れかわるのじゃなくて、もとに戻るのよ。そうでしょ？」

「そうだけど、でも」

「大丈夫、うまくやるわ。今度はあたしがあんたみたいな振りをして公爵をだましてあげるから、あんたも話を合わせなさいよ。それで結婚式がすめば万事おさまるの……あんたは、ハニーポット・ヴィルが好きなんでしょ？」

「うん、好き——好きだったわ、でも」

「あたしもきらいじゃなかったわ。退屈だったけど……ねえ、ミュリエル、考えてもみてよ。もしもあんたが王宮に残ったままだったら、お父様はあんたにこの結婚を勧めたかしら？　きっと……内気なあんたには無理だと思って、やっぱりあたしが送りこまれたはずじゃない？」

からかうみたいに言って、笑う……ベリンダの背中。気圧《けお》されて花嫁衣装のボタンをかけていったミュリエルは、姉の背が小刻みに震えていることに気づいた。寒いわけではないはず……緊張している？　怖がっている？

強がって、笑って……たまにおふざけもするけれど、義務から逃げることはなくて。花嫁衣装を着てバートの前に出るということは、姉自身が入れ代わりを告白するということ。それはミュリエルがしなければならないことだったのに……！

後悔に苛《さいな》まれながら、急ぎたてられるままミュリエルはもたもたと自分の服に着替え、髪の色を隠すためにショールをかぶった。

「ベリンダ、ごめんね……あっ」

くるりと振り返った姉の花嫁姿が――……ミュリエルが白いか弱い花なら、ベリンダは大輪《たいりん》の薔薇《ばら》だ。あまりにきれいで、ミュリエルは言葉を失くした。

薔薇はか弱い花を睨《にら》みつけ、

「あたしがベリンダ・エミリア・クローディア――バーソロミュー公爵夫人よ。ミュリエル……行きましょう」

美しい顔をヴェールで覆《おお》い隠した。その後迎えに来た執事とともに、双子の姉妹は聖堂へ向かう。

妻が気がかりだった銀狼は、次の戦《いくさ》のあといつもよりもはやくねぐらに帰った。

洞窟の近くに隠されるように馬がつながれていた。

入り口に立つと、なかから妻の声が聞こえてきた。

「いや……いやです、あ、あ、あっ……！」

悲しげで、苦しそうな喘《あえ》ぎ声だった。

獣の目には、暗がりの様子がよく見えた。

裸のフロランシアが、王に抱かれていた。

＊

バーソロミュー公爵邸の、聖堂――……。

居館と同じくらいに大きいこの建物にはバーソロミュー家の二百年の歴史が詰まっており、壁際には代々の公爵と公爵妃の棺《ひつぎ》が並び、後継ぎになれなかった子供たちも壁や床に墓標を記されていた。

みな呪われた狼の血筋のものとなると――……どう祈っていいものやら、司祭は戸惑うらしい。ひどく汗をかきながらしきりに十字を切る仕草を、バートは皮肉まじりの笑みを湛《たた》えて見守っていた。

いま聖堂のなかにいるのは、彼と自分のみ。

外で召使たちが見守っているものの、立ちあうのは執事と妹姫だけの予定だ。

王女の結婚式としてはさみしい限りだが、親しくつきあう貴族もいなければ、親族もいない身なので仕方がない。ベリンダはそれで充分だと言ってくれた。ただ、ハニーポット・ヴィルで静養している妹のミュリエルを結婚式の証人にしてほしいと。

お安いご用だし、嬉しいことだ。噂《うわさ》の病弱な王女がこれほど近くで静養していたとは驚きだが、人見知りな当人の身辺を騒がせないために、公《おおやけ》には伏せられていたということらしい。ベリンダの大事な妹なら、バートにとっても大切な家族である。

(父上、母上……どうやら俺の代でも公爵家は森に還《かえ》らずにすみそうです)

花嫁は、ハニーブロンドの可愛《かわい》いひとです、と……お守りに語りかけようとしたが、手のひらにはなにも触れなかった。牙のお守りはもうベリンダに譲《ゆず》ってしまったのだった……思いだしたとき、外でわあっと拍手が起こった。召使たちだ。

(まだ式の前だぞ。喜ぶのはあとだ)

咳払いして、待つ……拍手はすぐにおさまり、しいっ、しいっ、と口に指をあててお辞儀《じぎ》をする召使たちのあいだを——……純白の花嫁が、しずしずと進んできた。

ヴェールで顔を包み隠し、品よく、気高ささえ感じさせながら。

(神よ)

感謝しよう。そんなに信心深くはないけれど、ほかにこの喜びをどう表現すれば? ベリンダは執事の肘に手を添えて——むかつくが、介添《かいぞえ》役がほかにいないので……近づいてくる。彼女のあとから、ヴェールの端を持っておどおどと入ってきたのが妹姫だろうか? ショールを目深《まぶか》にかぶったままで、顔さえあげられないさまはいかにも人見知りらしい。

さすが、姉妹だ……雰囲気《ふんいき》が、ベリンダによく似ている。

微笑《ほほえ》ましく思いながらも、義妹に話しかけるのはあとにして、バートは花嫁へ手をさしだした。

「うっ……ぐずっ……バートさま、おめでとうございます……」

「喜びすぎだ、おまえは」

執事の忠心を気恥ずかしく感じながら、自分はせいぜい気取った振りで花嫁を引き寄せ、腰に手を添える。びくりと、緊張が伝わってきた……ヴェールに顔を近づけ、

「大丈夫だよ、すぐに済む」

どんなに永遠に続いてほしい喜びの瞬間でも、終わってしまえばあっという間だ。そのことは残念でも、そのあとにもまた喜びが待っているから……大丈夫だと。

夫となるものの言葉に、ヴェールがかすかにたてに振られた。バートは頷《うなず》き返したものの……おや？　と思う。いつも彼女が動くたびに感じる蜂蜜の匂いを、感じなかったような？

それでも空気を嗅《か》ぐとわずかにはわかったので、きっと、かび臭い聖堂の匂いに紛れてしまったのだろうと考えた。自分も緊張し過ぎているのだろう……司祭は、教書をめくったりして間が持たない様子だ。バートが花嫁と並んで顔をあげると、やっと、

「ウゥム、え――……アーメン」

アーメン、と唱和する。

「教書にはこうあります、ゥム、え――……神のもとにひとは平等である。や、ひとではなくとも生きとし生けるものはみな兄弟なのであります。兄弟であればこの両者の結婚は、え――……ウゥム、あ――……アーメン」

アーメン、と唱和する。狼公爵を意識しすぎて司祭のお説教は支離滅裂《しりめつれつ》だが、これもいい思い出だ。

「であるからして――……アルバート・バーソロミューよ。あなたはベリンダ・エミリア・クローディアを常にいたわり、愛し、守り抜くことを誓いますか」

緊張に強《こわ》ばった少女の手を握りしめ、答えた。

「誓います」

「ベリンダ・エミリア・クローディア。あなたは？」

「……誓います」

どこかで、ふわりと蜂蜜が香った。隣にいるベリンダからではない。後ろのほう……？

儀式の途中なので振り向くことはできず、司祭の次の言葉を待った。

待ちかねた、このとき。

「それでは……ゥム、誓いのキスを――……」

百年ごとの誓約が果たされるとき。

（やっとだ）

花嫁のヴェールに手をかける。これで、長い孤独から救われる。家族を得られる。持ちあがったヴェールの下に花嫁衣装の胸元がのぞいたとき、バートは少しいぶかった。彼女は牙のお守りを外してきたのか……衣装に合わないと言われれば、そうかもしれないが。

ゆっくりとめくりあげたヴェールを、頭の後ろへ。手を離せば、さなぎから脱皮したように白い顔が露わになる。優しい面立《おもだ》ちに、空色の目。ベリンダ。彼女の微笑み。間違いなく――

……だが、嬉しいはずなのにときめかないのはなぜだろう。

愛がさめてしまった？

嘘だ……自分は、心からあのひとを愛している。

あのひと？

このひと、ではなくて――……？

迷いながらも顔を近づけ、目を閉じて儀式を済ませてしまおうとしたが――常人よりも鋭い嗅覚《きゅうかく》が、相手の肌の香りをかぎ取った。

蜂蜜ではなくて……白檀《びゃくだん》の香り？

愛らしさよりも知性、誇り、そんなものを印象づける匂い。

なかなか与えられない口づけに焦れて、花嫁が薄く目を開く。顔だちは、バートが待ち焦がれた婚約者の肖像そのもの――……ヴェールからのぞく髪の色までそっくりだ。

「……あなたはだれだ」

バートが花嫁を待ち焦がれた日々――そのころの想いが練《ね》りあげた幻想が、絵からそのまま抜けだしてきたような。

花嫁は長い睫毛《まつげ》を揺らし、くすっと笑った。

「あたくしはベリンダ王女ですわ、バーソロミュー公爵閣下。あなたの花嫁になるためにオーク王に遣わされてまいりました」

「嘘だ……あなたではない。香りでわかるぞ、いや、香りがなくとも――あなたではないことだけはわかる。私の、ベリンダはどこへ消えた？」

幻から逃れようと身を引いて――懐かしい、愛《いと》しい香りを感じ、はっと顔をあげる。花嫁の後ろに控えていた少女が、泣いているようにショールを顔に押しあてていた。はらりとこぼれた髪は――ハニーブロンド。バートの視線に気づいてあげた瞳は、潤んだ空色だ。

彼女は、あそこにいる。

「これはなんのおふざけだ。私の愛しいひとに衣装を返せ」

「あなたがベリンダだと思いこんでいたものは、あたくしの身代わりです。そっくりな女を使ったニセモノですわ」

冗談にもならないことを、ベリンダを名乗る女はきっぱりと言った。

「大変申し訳ないことではありますが……王都では呪われているという噂《うわさ》の公爵さまに身一つで嫁《とつ》ぐのは、やはり恐ろしかったんですの。だから急きょ用意した身代わりにあなたのお人柄を確かめて報告するように、頼んでおいたのですわ。ああ、身代わりを責めたりなさらないでください……そもそも、あの子がベリンダを自分から名乗りましたか？」

どうだったろうか？　さまざま思い巡らせてみるが……思いだせない。ただ、

「自分は王女だとは言った。彼女は……」

「嘘つきですもの」

愛しい少女とよく似た唇が、三日月形に歪む。

「ですけれど、よくご覧になって――あなたのもとに届いた肖像画と同じ姿はどちらかしら？」

と、大胆《だいたん》にヴェールをむしりとってみせる。濃い、落ちついた色あいの金髪が純白の衣装をさらりと腰まで覆《おお》った。ふわふわしたハニーブロンドの面影《おもかげ》もなく、それは間違いなく、バートが日がな一日見入っていた肖像画の少女のものだ。

「なるほど」

ようやく、声をしぼりだす。後悔を悟られないように。みっともない真似《まね》だけはしないように、拳を握り、歯を食いしばりながら。

なるほど……自分が騙《だま》されていたのだと、思うほかない。

バートが婚約者だと思いこんだ少女は、はじめからおどおどしていた――どころか、バートと口づけも、結婚もできないと言いきっていたではないか。あれは、ベリンダ王女が結婚を拒《こば》んでいたのではなく、彼女がベリンダではなかったからだ。

できないことをできないと言っていただけ。コリンという少年がバートを罵《ののし》った理由もそれだったのではないか？

彼と同じ身分の恋人を、そうと気づかず愚かな貴族がはずかしめたと――……。

「……！」

両手で顔を覆う。バートさま、とかすかな声が呼びかけたが、花嫁が近づいてこようとする少女とのあいだに割り入った。バートはうめき、

「……このかたの言うことはほんとうか。あなたは……ベリンダではなかったのか」

「……──は、い」

素直な返事。ようやく解放され、ほっとしたような。彼女の胸には、バートが贈った牙の首飾りが揺れている。

彼女のなかには？　バートが注いだ愛情が、残されてはいないのか？

「申しわけありませんでした、バートさま。でも、わたしは……」

「言い訳は聞きたくない！　もはや、あなたがベリンダ王女ではないという事実以上に……私をうちのめすものはないから」

貴族の立場を振りかざして、弱い立場の少女を責められるだろうか？　彼女も被害者だ。王女に命じられて呪われた男のもとへ赴《おもむ》き、獣に汚されて……どれだけ辛《つら》かったことだろう？

憎めるなら、まだよかった。だけどこのときも、まだ……バートは彼女を愛している。

(私は、やはりけだものだ)

バートの悲しそうな様子に、ミュリエルもまた、うちのめされていた。ベリンダはどうしてミュリエルが妹だと言ってくれないのだろう？　妹の名誉を守るため？

では──ミュリエルが王女だからどうだと？　バートが待っていたのはもとからベリンダのほうで、ミュリエルは姉の幻に隠れていただけのみそっかすなのに。

(ちゃんと、はじめから言えばよかった……)

悔やんでも悔やみきれない。ベリンダに、身代わりなんて無理だと。公爵に、わたしはベリンダではありませんと。内気に甘えて、自分のものではない口づけに酔って、もうすぐ姉からそれを永遠に奪ってしまうところだった。

「……ごめんなさい……ごめんなさい！」

しゃくりあげるミュリエルを見つめる、静かな深緑の目。バートは小さく息をついた。

「いい……終わったことだ。許してくれとは言えないが、忘れられるものなら、忘れてもらいたい」

「っ……！」

それは許してくれというよりも、残酷《ざんこく》な言葉。反論できる立場にないミュリエルは、ショールに顔を埋めて嗚咽《おえつ》するだけだ。

痴話《ちわ》ゲンカを醒《さ》めた面《おも》もちで見守っていた花嫁――ベリンダが、溜息のあと、夫となるものを見あげた。

……たいした男ではないわ。

それが、結論。双子の王女の姉から妹に乗り換えるくらいなら、だれにだってできること。だからあえてミュリエルのことを王女でもなく、ただの身代わりだと言ってみた。それでも妹のほうを選ぶというなら、その愛情はほんものだろうから。

だけど……公爵は悔やんでいる。ミュリエルのほうを選ぶと言えずにいる。くだらない、情けない男だ。ベリンダはつんと顎《あご》をそらして、尊敬できない婚約者を見あげた。

……愛せない相手になら、自信をもって振る舞えるから。

「じゃ、済ませてくださいな」

笑顔をつくって、唇を差しだす。

「結婚の誓いのキスを。公爵さま」

司祭も、執事も、召使たちも固唾《かたず》を呑《の》んでなりゆきを見守っている。司祭はともかくバーソロミュー邸の人間は、バートがオーク王女をめとることの意味を知っているのだ。

百年に一度の誓約が成就《じょうじゅ》すること。

夜ごと獣になる呪いから解放されること。

その希望があったからこそ、バートはこれまで生きてこられた。

「……」

バートは、ベリンダの肩に手を置いた。顔はほんとうによく似ているのに、おとなびた雰囲気《ふんいき》……でも、手のひらに、かすかな震えが伝わってくる。痛いほど打つ鼓動も。心をこめて抱いた少女とは違う白檀《びゃくだん》の香り。気の強そうな、薄青色の目の縁にたまった、澄んだ涙……。

とん、とベリンダの体を押しやった。

美しい王女が、金色の眉《まゆ》をひそめる。

「どうなさったの」

「すまないが、私は……心だけでもひとでいたいと思う。愛せないひとと我欲を満たすために結婚の誓いをたてるなら、それはけだものの所業だ」

「なにをおっしゃっているの——……身代わりに情を移したことなら、責めるつもりはありません。あたくしのせいですものね……あなたはオーク王女と結婚をなさりたいのでしょう?

だったら、口づけをなさって」

「きみ」

バートに呼ばれ、目をあげる……少女の愛らしい顔は涙でくしゃくしゃだ。バートが覚えていないとき、狼公爵に花を散らされたときも——彼女はあんなふうに泣いたのだろうか？

少女のきらめく青春を奪うこと、美しい王女の未来を踏みにじること——それはどちらも、罪だ。くだらない誓約などで、二度とこんな悲劇をくり返してはいけない。

『バーソロミュー公爵』など、そこまでして守らなければいけないものではない。

深緑の目の奥に、金の光がともる。気づいたミュリエルが、はっとした。

「バートさ——……」

「私は……きみが好きだ」

「……え」

空色の目も、ベリンダとは違う。ベリンダの目が憂《うれ》いを帯びた秋の空なら、彼女は無邪気にきらめく初夏の空だ。

「肖像画のベリンダ姫に憧れたが、それ以上に目の前に現れたきみは生き生きとしていて鮮やかで、私の心をとらえて離さなかった。ずっとなにかを言いたそうだったのは、自分が身代わりだと……ベリンダ王女だと告白したかったからなのだね。耳を傾けてあげられなくて、すまない。だけど、たとえ告白されても、きみへの気持ちは抑えられなかったと思うよ」

「……あ……」

生まれてはじめてされる、告白。自分自身に向かっての愛の言葉……動揺《どうよう》して言葉も出てこないミュリエルに、バートはさみしそうに笑いかけ、聖堂の入り口へ視線を向けた。

「だけどもう、終わりにしよう。きみは……きみが愛する少年と、幸せになっておくれ」

なんのこと？　バートの視線の先に……コリンがいた。ミュリエルを連れ帰るようベリンダから命じられ、儀式のあいだ外で待っていたのだろう——そんな必要はもう、ないのに。

（バートさまはひょっとして、まだ、わたしとコリンが恋人同士だと勘違いしていらっしゃるの？）

ミュリエルがベリンダだと思っていたときは、それでも強引な口づけで奪おうとしてくれたのに——身代わりなら、簡単に手放してしまえるのか？

（ひどいです）

心から、思う。『バーソロミュー公爵』の強い立場がなければ求愛もしてくれないの？　あんなふうに抱きあっておきながらいまだにミュリエルの心を手に入れたと信じていないのなら……自分に自信がないのはミュリエルではなくて、彼のほうだ。

ミュリエルこそ、はじめて会ったときから……強引に馬車から引きずりだされて、彼の笑顔を見たときから……間違いなく、好きになってしまっていたのに。

「バートさま、わたしも、あなたが」

ミュリエルは言葉を失った。

バートの目のなかの、金の光が強くなっている。これまでになく強烈に……黒灰色の髪がざわりと揺れ、花婿の衣装のなかで毛が逆立つ。

「待ってください、聞いて！　わたしも、あなたが好、き――……！」

急いで叫んだのに。

司教とベリンダが、息を呑んで身を退いた。

唇のあいだから牙がのぞき、手が節くれだち、首を一振りすると、花婿衣装の襟《えり》がびりびり裂けた。四足の動物が無理やり二足で立っているような、不自然な背の曲がりかた……凶暴な顔つき。そんな変化のさなか、公爵は聖堂の天井を仰いで宣言した。

「……オーク王との誓約は、破棄する！　バーソロミューの呪いよ、私を満たし、永遠に――獣に変えてしまうがいい！」

――ウォォオオオ！

直後におこった雄《お》たけびは、完全に狼のものだった。

もはやバートの姿はそこになく、現れたものは……巨大な体躯《たいく》の、銀灰色の毛並みの狼だった。ミュリエルも、ここまで完全に獣になった姿を見たことはない。ひとではなくなった狼公爵が、大きな顎《あご》をひと振りしてミュリエルに飛びかかった。

「きゃあ！　ミュリエル！」

ベリンダが恐怖の悲鳴をあげたが、ミュリエルは――信じていた。バートがくれたお守りを。

銀狼の牙を持つひとを、狼は傷つけない。その通り、濡れた鼻先と牙は喉元《のどもと》まで迫ったが、嚙む寸前でぴたりと動きをとめた。

「……どうしたのですか？」

公爵位を放棄したというなら、もはや狼公爵とさえ呼べず……彼は、生まれ変わった銀狼だろうか。

ミュリエルがおずおず鼻面《はなづら》を撫《な》でると、銀狼は体を低くしてミュリエルのほうに向け、乗れ、と促すように顎をしゃくった。

（連れて行ってくださるの？）

誓いが破棄される直前の、ミュリエルの告白は届いたのか。バートは……狼公爵ではなくなり、銀狼となってもまだ、ミュリエルを好きでいてくれる？　なら……迷わない。

「だめよ、ミュリエル……」

怯《おび》える姉の声を聞きながら、灰色の毛並みをつかむ。大きな背にまたがると、じわりと温もりが沁《し》みた。

「あっ……」

このあたたかさ。たとえそれが獣のものであっても、ひとのものであっても同じだ。

（バートさまで、狼公爵さま）

銀狼となっても、あのひとはここにいる。ミュリエルはふかふかの毛を握りしめ、顔を埋めた。甘酸《あまず》っぱい獣の匂《にお》いがする。銀狼は、聖堂にいる一同を睨《にら》みながら長い尾を不器用に揺らした。

「……待てよ！」

コリンが聖堂の出口を塞ぐように両手を広げていた。狼が走りだす。

「銀狼さま……どうか、コリンは傷つけないで」

その願いどおり、銀狼は少年の手前で跳び、その茶色の髪を爪で掠《かす》めただけで――……怪我《けが》をさせることなく出口に着地すると、目を丸くしている召使たちの前を駆け去った。

背中に、ミュリエルを乗せたまま。

「公爵さまが！」

「とうとう狼に！」

遠ざかっていくひとの声。

「なんなのよ、あの化け物。ミュリエルを……あたしの妹を、返してちょうだい――！」

ベリンダの声も聞こえなくなる。大きな獣は森へ向かっていく。静まり返っていた森がいきなり騒がしくなり、梢から鳥たちが盛大にはばたき、小動物は巣から逃げだした。

大きな木の手前で狼になったバーソロミュー公爵は立ちどまり、吠えた。

――オォーン、ウォーン。

――オオオ――ン……。

歓喜の遠吠えが森じゅうに広がっていく。一つの群れが吠えると近くの群れがそれに応え、周囲の群れもまた続いた。

帰っていらしたぞ――……。

我らの王、銀狼さまが森に還られたぞ……と。

ミュリエルの心にも、その喜びの響きが伝わり、肌が震えた。

＊

フロランシアとオーク王は、実の父娘だ。

ひととは父娘で交わるものなのか？

父に組み敷かれながらフロランシアは泣きじゃくっていた。

「どうしてこんなことをなさるのです、お父様。優しい銀狼を戦いに出しておきながら、どうしてその妻に不貞《ふてい》を強《し》いるのです」

「おまえが美しかったのがいけないのだ」

王は娘の胸を揉みしだきながら言った。

「この肌を、狼だけが知っているなどもったいない。それにおまえも獣に汚されたままでいるより、父に清められたほうが嬉しかろう」

「銀狼さまが獣なら、お父様はけだものです。あのかたを裏切って魂まで汚れてしまうくらいなら、フロランシアは死にます。どうか、殺して、殺して、殺して……」

「死にたいなら勝手にするがいい」

王は娘の膨らんだ腹を撫《な》でて、言った。

「戦況はあらかた決し、銀狼もおまえももう用済みだ。わしももう、わしの子はいらん。おまえごとまとめて片づいてくれるなら、手間がはぶけるというものだ」

銀狼の魂は――あの日、あのときの屈辱《くつじょく》をいまだに忘れていない。

王の様子から、あの男が妻を抱いたのがはじめてではないことは知れた。

その場面を見るまで、フロランシアの内面の苦しみに気づいてやれなかったこと。

妻を汚した男のために誇り高い銀狼の牙をひとの血で汚したこと。

なにより情けないのは、自分が――その場でオーク王を殺せなかったことだ。


――オォォーン！


銀狼は強く吠えた。両目が怒りのあまり、黄金にぎらついた。

王の巨体を突き倒し、喉笛《のどぶえ》に前脚をかけた。

首を食い切ってやろうか、それとも手足を一本ずつ嚙《か》みちぎろうか？

「わしの言葉を聞いたのか、銀狼。わしのしていたことを見たのか」

ひゅうひゅうと喉を鳴らしながら、オーク王は言った。

「だが、わしの心までは読めまい？　わしはおまえのためにフロランシアを抱いたのだ。ひとの王の深い思慮《しりよ》を、狼のおまえは理解できまい？」

銀狼は不安になった。

王の言っていることがまったくわからない。

自分は、ひとの言葉を理解できなくなってしまったのだろうか？

オーク王は続けた。

「狼とひとのあいだに子はできぬ。わしが娘を抱いてやったのは、そなたに後継ぎをもうけてやるためだ。子ができれば家をつくれる。家があれば爵位を与えてやれるぞ。バーソロミュー公爵家という名はどうだ？そなたにふさわしい、素晴らしい家名ではないか」

それは、素晴らしいものなのだろうか？

銀狼がそれを受けとれば、フロランシアは嬉しいのだろうか。

銀狼は前脚の力を緩《ゆる》め、妻を振りかえる。

フロランシアは泣きじゃくりながら言った。

「違います！　お父様がわたしを抱く前から、この子は宿っていました。この子は間違いなく銀狼さまの子です、どうか、信じて――……」

銀狼が迷ったそのとき。

王の剣が、獣の体軀《たいく》を貫いた。


今でも悔やんでいる。

いちばん悔しかったことは、最後の最後に妻を信じてやれなかったことだ。

彼女の子の父親を疑い、彼女が愛情よりも地位や名誉を重んじているのかと疑った。
暗くなっていく視界のなか、目にしたものはフロランシアの涙。
聞こえたものは、自らが吐いた呪いの言葉だ。

——裏切りの王よ、呪われるがいい……この銀狼の魂は怒りを忘れないぞ。我が魂は私とフロランシアのあいだの子に宿り、百年のあいだに必ずや、おまえの王家を滅ぼしてくれよう。

——かしこい銀狼よ。おまえの呪いにわしは祝福を返すぞ。わしは約束を破らぬ。そなたたちの子にはバーソロミューの名と公爵位を与えたうえ、百年ののちには再び王女をめとらせてくれる。それでもわしとわしの国を呪うならば、この場でフロランシアとそちの子にもあとを追わせてやる。

——……誓約は成った。ひとの王よ、約束を信じよう。百年ののちに、我が魂は、再びフロランシアと……。

もう一度結ばれたかった。心から愛したひとと再びめぐりあい、信じあって今度こそ添い遂げたい……そのときが来ることを信じて、ずっと子孫のなかで眠ってきたのだ。

Les viandes（肉料理）✦ 野趣溢れる狼の陵辱、涙のソース

薄紫の空のうえを、雲に乗って運ばれていくみたいだった。

一面のれんげ畑……バーソロミューの森の奥に、こんな場所があるなんて。

（きれい……）

銀灰色の狼の背は広くて乗り心地がよく、ミュリエルは夢見心地だった。それに、まがりなりにも好きなひとに選ばれたあとである。この狼は狼公爵であり、バートなのだから——もとはどれも同じひとつの魂、ひとつの体なら、だれに愛されても嬉しいのに決まっている。それに、

（わたしだって……オーク王女だもの）

バートは知らないまま誓約を破棄してしまったけれど、それは一方的なものだ。ミュリエルがオーク王女としてちゃんと約束を守ったなら、まだ、呪いが解ける余地はあるのかもしれない。

その相手がバートであれ、狼公爵であれ、銀狼であれ……心と体を開いて、妻となることで。

「……」

緊張に、汗がにじむのは、いまの夫となる相手の姿がひとではなく半獣でもなくて、完全な獣だからだ。ひとと狼が結婚するときは、どんなふうにして結ばれるものだろう？

少し、怖い……ミュリエルの体は、ちゃんとバートだったものの愛を受けとめられるだろうか？

――オォォ、オォ――――ン……。

――ウォォォ、ォオ――ン……。

遠吠えが、歓迎のラッパのように響く。ミュリエルははっとして顔をあげると、れんげ畑の左右に野生の狼が居並んで道をつくっており、嬉しげな遠吠えの大合唱のなかを、銀灰色の狼は堂々と進んでいくのだ。

道の果てに、黄金色の玉座がある……。

近づくとそれは玉座ではなく、朽《く》ちかけた巨大な切り株だとわかったが、たくさんの洞《ほら》に蜜蜂が巣をつくってたむろしており、真昼の木漏《こもび》れ日が黄色い背中を照らして黄金色に見せていた。

ぶん、ぶん、と飛びかう蜜蜂。

ここは、蜂蜜の匂いに満ちている。

切り株の手前で銀狼が足をとめ、身を伏せたので、ミュリエルは地面に降りた。れんげの絨《じゅう》毯《たん》が木靴《きぐつ》の底を押し返す。

「ふふ」

両手を広げてくるりとまわると、ハニーブロンドが風をはらんでふわりと広がった。きらめく髪は王冠のようで、それが広がるさまは花嫁のドレスのようだ。

来た道を見返すと、狼の群れがいっせいに頭を伏せる。

まるで、ミュリエルが彼らの女王さまだとでもいうように。

銀狼が前脚で切り株をひと掻《か》きすると、そこにあった巣の蜜蜂たちがぶん、と飛びたって、階段ができた。ミュリエルはスカートの裾《すそ》をつまんで、根に足をかけてのぼる。切り株の上は森のどこよりも日当たりのいい場所のようで、乾いてでこぼこした年輪はぽかぽかとあたたかかった。蜜蜂のカーテンに遮《さえぎ》られて、狼の群れの姿は見えなくなり、空と梢《こずえ》しか見えない。振りかえると、銀狼も遅れて上にのぼってきた。

金の目と、瞳を見交わす。

「……」

ゆっくり、切り株に両膝をついて、銀狼と視線の高さを合わせた。

近づいてきた獣が、濡れた鼻先をミュリエルの顔に寄せる……ぺろ、と、唇をひと舐《な》め。ミュリエルは両手で銀狼の頭を支え、口と口を合わせやすいようにした。ぺろり、ぺろりと舐める舌が時おりミュリエルの唇のなかに滑りこみ、舌を出して応じると、ぺろぺろと舐める勢いが強くなる。

「んっ……」

銀狼が斜めに傾けた顔を、ミュリエルの顔に押しつけた。とがった口の先がミュリエルの口に重なり、牙の隙間《すきま》から荒い息と、しきりに動く舌が入りこんでくる。

「あ……ふぁ……」

（熱いものなのね……狼の、舌も）

ひとと変わらないどころか、狼公爵のときよりも熱いかもしれない。猫のようにざらざらしてはいなくて、ぬめっとして、厚みのある舌だ。ぬるい水のような唾液《だえき》をミュリエルは受けとめきれず、重なった口元からこぼしていく。銀狼が、前脚をミュリエルの胸に置いた……ぺたり、と、足跡がつく感触。

（あら？）

衣装から浮かせた前脚が、金色のねばりを引いていた。甘く濃い匂いに気づいて、指にとり、舐めてみると上等の蜂蜜である。どうやら、銀狼が切り株にのぼってくるとき、蜜蜂の巣を踏んでしまったらしい。

金の目が、ばつが悪そうに見えるのは気のせいか。

（蟻にかじられたりしたら、大変）

足を洗う水場があればいいのだけれど……ひとわたり見渡したところでここには切り株しかないので、ミュリエルは銀狼が困ったように浮かせたり下ろしたりしている前脚を手のひらに置き、顔を近づけた。

ちくちくする、短い白い毛。肉球と爪のあいだに舌を這《は》わせると、銀狼がびくっと身を震わせる。ミュリエルは舌を伸ばしながら、

「じっとしていらして……きれいにしてさしあげますから」

硬い肉球に舌を伸ばすと、懐かしい味がした。同じれんげの蜂蜜でも畑の場所によって味も香りも違うものだが、ミュリエルはこの味を知っている。

(どこでだったかしら……わたしのとても好きな蜂蜜)

じっくり舐めていると、なんだか変な気持ちになった。銀狼の前脚の体温がじわじわ高くなっていくせいかもしれない。蜂蜜の味がなくなったので切り株に前脚を戻したところ、銀狼の下腹部が目に留まった。

きらきらした、銀色の柔毛《じゅうもう》のなかから……伸びつつある真っ赤な棒。

狼公爵の雄々《おお》しさや、バートのたくましさとはまた違った生々しい印象に、ミュリエルは頬《ほお》を染めながらもういっぽうの前脚を取ろうとした。

「今度は、こちらを……あっ」

つい、と避けられ、手が空を切ってしまう。よろけて切り株に両手をついたミュリエルの肩口に、銀狼が顔を寄せた。ぺろ、ぺろ、と耳を舐めてくる。

「んっ、ぁ……だめです、まだ……あなたの手に、蜂蜜……」

銀狼がぶるりと体を揺らす。ミュリエルに尾を向けて歩きだしてしまったので、気分を害したのかと心配になったが、いたずらな狼は――……せっかく舐めてやった足をどっぷりと蜜蜂の巣に突っこみ、関節のところまで蜜だらけにして引き返してきたのだ。

「もう！　銀狼さまったら、せっかくきれいになったのにいたずらすぎます、わ……ぁ、……

なにを、なさるの？」

　じゃれるようにもたげた前脚を、ぺとり、とミュリエルの頬に置く。肉球のかたちについた蜜を大きな舌で舐める。甘えられたような、キスされたみたいな、不思議な気分だ。その手で背中にまでじゃれつこうとするので、

「や……ぁ、だめ……服が、蜂蜜だらけになってしまいます……」

　服を汚さないようにするためには？

　……脱ぐしかない。

　銀狼の、真剣な目つきもそれを望んでいた。

「……少し、待ってください……」

　ミュリエルは再び膝立ちになり、脱ぐところを見られないように背を向けて……胸紐をほどいた。手にうまく力が入らず、時間がかかる――腰のボタンを外して、スカートも。外れた布が切り株に落ちるたび、ふわりと甘い風が起こった。

　下着姿になり……やはり恥ずかしく、両手で胸を隠しながら銀狼を振り向く。頬は紅色に染まり、全身の肌も桜色に火照《ほて》っていた。

「あの、これ以上は……あの、あの……あっ！」

　銀狼が肩紐に爪をかけ、たやすく裁《た》ちきった。はらりと、頼りなく下着が膝のまわりに落ちる。真っ赤になって両手で全裸を隠した少女の背に、銀狼は爪を引っこめた前脚をのせた。

　ぺとりと、素肌についた蜜の足跡に顔を寄せ、

「あぁっ……！」

獣らしくとがった顔の、濡れた鼻、歯茎《はぐき》と牙、口の周りの毛や髭《ひげ》が敏感な肌をくすぐり、甘噛みする。ミュリエルは体を丸めてちぢこまった。ところが獣は獲物の小動物をいたぶるようにたやすく前脚で転がしてしまい、仰向《あおむ》けになったミュリエルの顔の前に、蜂蜜まみれの片足を掲げ……たらり、と唇に滴《したた》らせた。

「んく……はぁ……いやぁん、ぁ！　だめっ」

懐かしい甘い味の上を獣の舌が往復する。頰から鎖骨《さこつ》へと、ぺろぺろと滑っていく舌。ぞくぞくするたび手の力が緩《ゆる》んでいき、銀狼の前脚に手をどかされても抗《あらが》うことさえできない。ふるり、と、真上を向いて震える乳房に蜂蜜がぺとりと貼りつく。

「あんっ」

乳首が、肉球に擦れた……銀狼は器用にミュリエルの膨《ふく》らみに蜜を塗りこめ、べとべとにしてしまう。てらてらと蜜色に輝く膨らみの頂点を、蜜蜂が掠《かす》めていった。羽音を感じたミュリエルはびくつく。

「んっ……はぁ……っ銀狼さま……っ」

銀狼は……物事を中途半端にしない性格なのだろうか？　蜜が足りなくなるたび巣のところまで引き返して、再び前脚を蜂蜜に浸してくる。両胸の谷間に置いた脚を下方にずらし、縦長のおへそまで蜜をたっぷり注いだ。それから……もっと下へ。

「や……や……だめです、そちらは……」

もったいぶって、空を掻きながら近づいてくる獣の手。気配を感じただけでミュリエルの秘所はびくびくして……恐ろしいのに……銀狼が触りやすいように腿が開いてしまう。

　腰を浮かせ、待ちかねた花に、爪が触った。

「ぁ、はぁ！」

　とぷりと溢《あふ》れだした蜜が、新鮮な蜂蜜ごと狼の手を濡らした。たやすく花びらをほころばせたみだらな穴の入り口を獣の手が塞ぐ。短い毛がちくちくと粘膜をいたぶった。

「ぅ……ぁ、……ぁん、ぁ……ぃ、ぁあ！」

　銀狼が前脚を動かす。くちゅ、くちゅ、とくじられていく、そこ。

　朽ちた切り株の中心に、蜂蜜まみれになって咲いたミュリエルは、女王の花だ。蜜蜂たちはめしべに群がろうとするが、銀狼の首の振りひとつでおののいて散る。

　近づく羽音と、遠のく羽音。ただ一匹……勇敢な蜜蜂が銀狼の牙のあいだをくぐってミュリエルのおへそにたどりついた。

「ひゃっ……」

　ふかふかした背を丸め、長い手足を一生懸命に動かして蜜を集めようとしてくる。振り払ったら驚いて刺すだろうし……いきなりの闖入者《ちんにゅうしゃ》に戸惑ったミュリエルは、足を開いたまま半身を起こす。蜜蜂は下腹部の丘を下り、淡い草むらに新たな花を見つけた。

　もっと、蜜まみれの、鮮やかな花を……。

「い、いやぁ……」

おいしい蜜を集めてくれるこの虫は怖くないと教えてくれたのはコリンで、ミュリエルもむくむくの姿を可愛《かわい》いとしか感じたことはなかったけれど……自分のうちに入りこまれることを想像したら恐ろしい。なかに、卵を産みつけられたり、巣をつくられたりしたら？

眼差《まなざ》しで銀狼に助けを求める。金の目は、この不測の事態を興味深そうに見守っているだけだ。

「やぁ……とって、蜜蜂、とってぇ……！」

赤い花びらを往復する小さな肢《あし》。ミュリエルはびくびくしながら体の向きを変え、銀狼の目の前に自らの花を大きくさらした。

「とって……お願い、蜜蜂、怖いわ……」

急かすように腰をくねらせると、金の目に白くくねる太腿がそのまま映る。銀狼はついっとミュリエルのそこに顔を近づけ、口の先で器用に蜜蜂をくわえとった。

「……あ……」

ぺっと吐きだされ、飛んでいく蜂。安堵《あんど》のあまりくったりとなったミュリエルの内股に、銀狼はさらに顔を寄せてきた。

緊張しすぎて痺《しび》れたそこに、なだめるように舌が這《は》う。

ぺろ、ぴちゃ……。

ぴちゃぴちゃと、新鮮な蜂蜜とミュリエルの蜜汁が混ざった甘い液はいくら舐めても飽きることがない。

「あ……はぁ……ありがとう、銀狼さま……」

お礼に耳を掻いてやると、銀狼は尻尾《しっぽ》を振って応えた。ひたすら花をくじる不器用な愛撫がだんだんと心地よくなってきて、銀灰色の毛並みを撫ぜるミュリエルの手にもじんわり汗が滲《にじ》んだ。

「ん……ふぅ……ぁっ……ね……銀、狼さま？」

三角の耳に手を添えて、上へと導き、

「蜜……そこだけじゃないわ。体じゅう甘いの……舐めて、くださいね？」

ミュリエルのおねだりに素直に応じ、ぺろ、とへそを舐める。

「ふぁん！」

銀狼の愛撫はぎこちないけれど——舌の柔らかさが絶妙だ。下腹を丁寧に舐めていき、乳房を下から上へ舐めた。側面を甘噛みしつつ、ちゅうっと吸う。

「あんっ……吸えるのですか……ぁあっ、舌も、動いて……気持ちがいい、です」

銀狼にとってものを吸うのは仔狼のとき以来の動作だ。はじめはぎこちなく肌にあとをつけていくだけだったが、やがて勝手を思いだしたらしく、ミュリエルの尖りきった先端に口先をあてがい、前脚を肉の根もとに押しつけた。

ちゅうぅ……っと、長く吸われてしまう。ミュリエルは爪先《つまさき》までぴんと伸ばして感じた。

「ぁあ、やっ……！　そんなふうに……赤ちゃんみたいに吸われたら、わたしっ……」

角度を変えて乳首をくわえ、かりっと噛《か》む。

「ひゃぁ、ぁん！」

痛みをなだめるように、小さくのぞかせた舌でちろちろくすぐる。裂けた大きな口からこぼれる唾液《だえき》で、ミュリエルの胸はべとべとになった。

「んぁ、ふぁ、ぁ……おいしい、ですか？　わたしの胸――銀狼さま……あなたの、毛並み……あたたかいです」

ミュリエルは両腕で銀狼の首を抱き、頭に頬をすり寄せた。

「好きです、わたし……あなたのことが、怖くはないわ……大好きなバートさまと、狼公爵さまと、ひとつのかたですもの……わたし、あなたが恐ろしくはありません……」

くり返す言葉は……自分自身に言い聞かせているのかもしれない。

獣とつながることなんて、ほんとうにできるもの？

だけど、この銀狼はミュリエルを好きになってくれたひとと同じだ。魂が同じなら、かたちがどうあろうとつながることも、同じだから……。

銀狼は舌を出して息を荒くしている。

ミュリエルはそんな獣の首筋に顔を埋め、ふと下方に視線をやって――きゅっと、心臓がすくむのを感じた。

銀狼の雄《おす》が、最初に見たときの倍の大きさにまで膨《ふく》らんでいる。赤紫の脈が息づく、まるでガーネットでできた彫刻のような……猛々《たけだけ》しい棒。

（大きいわ――それに、バートさまや狼公爵さまとはかたちが違っているから、余計に）

怖い。だけど、

（……だめよ、ミュリエル。怖がっちゃだめ――わたしはこのかたの妻になるのよ。そうすることでバートさまの呪いも解けるかもしれないのだもの、怖がらないで）

怖れを……解くためには、自らそれに近づくほうが……いい、ような？

ミュリエルは銀の毛並みを撫《な》でおろしていき、おずおずと、銀狼の欲棒に指先を触れさせた。

「……あっ」

ミュリエルに触れられ、ますます熱を帯びる棒。表面は滑らかで、つるつるで……まるで唇でできているみたい。

（ひとと狼の違い、なのね――もっと慣れなきゃ……）

愛しあうために。

その一心でミュリエルは両手で狼の性器を包みこんだ。おとなしくお座りの体勢をとりつつもしきりに尻尾をぱたぱた動かす銀狼に、

「……おとなしくしていらしてください。今度は、わたしがしてさしあげます」

健気な笑顔を見せ、ゆっくりと顔を落としていく。バートたちのものよりも尖った先端……それを口に含むと、銀狼がくぐもった息を洩《も》らした。

ミュリエルは唇に唾液を溜め、それで雄の先を潤していってから、思いきって深く呑む。沁《し》みだしてきた酸《す》っぱい液を唇をすぼめて吸い、慣れない味にえづきそうになりながら、棹《さお》を舌先でちろちろと舐めた。

銀狼の雄は、肉と獣の匂い。先よりもなかほどのほうが太くなっていて、まるで騎士が持つ槍のようなかたちだ。

「ちろ……ちゅ……ん……はぁ……銀狼、さま……気持ちいい、れす、か？」

激しい息遣いや熱を増すばかりの雄の反応から、快感を与えているとは思うのだが、銀狼はそっぽを向いている。やはり言葉が通じないのは不安なものだ。上目遣いに獣の反応を見ながら唇を動かしていると、前脚がミュリエルの頭を押した。もっと深くしてほしいと、ねだるように。

「んぁ……んくっ……ん、ふ……ぅ」

ミュリエルは喉《のど》の奥の限界まで雄のものを迎えいれる。ひたすら頭を上下させて相手の悦《よろこ》びを願っていると、獣のものであれひとのものであれ同じだと思えてきた――それが、愛しいひとのものならば。

「ちゅ……はくっ……ぁ、……銀狼さま？」

獣があくびをするように顎《あご》を開き、もごもごと口を動かした。ミュリエルの耳元に顔が近づき、フゥー、フゥー、と、長い息の合間に、

「フォ……フォ、ロ、ラン、シィ、ア……」

確かに。銀狼の喉から、ひとの言葉のような響きがこぼれた。

「フィオ、ラン、シィア」

あまりに驚いてしまい、雄から口を離す。銀狼はそれを不満に思うでもないらしく、切なげ

な目でミュリエルを見つめていた。

フィオランシア……それはどういう言葉？

目を凝《こ》らして銀狼の口を見つめ、次の言葉を待つ。銀狼もさらに喉を震わせ、顎を動かしたが、言葉を発することはできなかったらしく、代わりにミュリエルのおでこに、こつんと頭をぶつけた。

（……この体はひとの言葉を発するには向かない）

頭の中で響いた声は――なに？　きょろきょろ見回すミュリエルに、銀狼は裂けた口で笑ってみせ、

（私だ。きみの目の前にいる狼だよ）

唖然《あぜん》としてしまう。

「あ、あなたは喋れるのですか？」

（喋ることはできないが、心で通じ合うことができる）

「そう……なの」

納得はしたものの、同時に、恥ずかしくなった。ミュリエルはいま裸で、しかも、これまで相手が言葉を解さない獣だという意識で振る舞ってこなかっただろうか？

「す、すみません……こんな、みっともない格好をお見せして」

両手で胸を隠し、両足を引き寄せて花びらを隠す。ハニーブロンドが桜色の裸体をそっと覆《おお》った。銀狼はおかしげに鼻を鳴らし、

（あなたの裸体はすばらしく美しいし、私だって衣服を着ていない）

だけど銀の毛並みが肌を隠しているではないか――雄々《おお》しい雄は、剝《む》きだしだけれど。

ミュリエルは心の会話のやりかたなどわからないから言葉を口に出してしまっているが、銀狼の声がちゃんと頭のなかに届いてくるのが不思議だった。

そもそも、どうして狼がひとの言葉を解するのか？

そんな疑問も、銀狼には筒抜《つつぬ》けに伝わってしまうらしく、

（森を荒らすひと相手に戦うには、ひとの言葉を理解する必要があったのだ。心話は同族のあいだでは普通に行われるものだが、ひと相手にできるようになったのはフロランシアと出会ってからだよ）

フロランシア――は、ひとの名前らしい。狼になる前のバートが、お世話になったひとだろうか？

ミュリエルはまだ、この銀狼がバートの変化したものに過ぎないと思っていた。見た目が変わっただけで本質が同じなら……いま、ミュリエルが会話している相手はバートだ。

ほっとして、嬉しくなる。

（バートさま……よかった。心まで、獣になってしまったわけではないんだわ）

まだ自分の姿に恥ずかしさはあったものの、おずおず銀狼の毛並みを撫でてから、抱きつく。

「バートさま……」

（……銀狼と呼んでほしい）

なぜか不満そうに告げたあと、銀狼はミュリエルの背中を前脚で押して、うつぶせになるように促した。乱暴ではないが力が強いので、ミュリエルはあっけなく従ってしまう。ほんのり火照《ほて》った体をころんと横たえ、身を起こしてみると、あらわな秘所に銀狼が顔を埋めるところだった。

「きゃ……いやっ……バートさ……銀狼さま！　恥ずかしい……そんな」

（恥ずかしい？　私の陰茎《いんけい》をおいしそうに舐《な》めていたきみが？）

ぺろりと舌を出し、ミュリエルの蜜にさしこむ。思った以上のぬかるみをすくいとった銀狼は、それをうまそうに呑みこみながら笑った。

（おやおや。先ほどよりもずいぶん蜜が増えてしまって……私のものを舐めていただけで興奮してしまったのか）

「いや、それは、だって……恥ずかしい、からです……」

（恥ずかしいと興奮するのかい？）

ちゅ、と花芽《かが》を吸われ、

「あぁん！」

洪水のように蜜が溢れだす……バートには何度も抱かれたし、秘所もなにもかも見られているのに、いま相手が獣の姿になっていて……それで言葉が通じてしまうことがとてつもなく恥ずかしい。

（だって、わたし、さっきから……とても恥ずかしいことばかり言っていたような気がするんだもの。バートさまの見た目が狼だから、わたしが導いてさしあげなきゃいけないような気がしていたの……だけど、違ったんだわ。このかた、わたしの恥ずかしい姿をずっと見ていらした)

かあっと肌が熱くなると、ますます蜜は滴《したた》るし、肌から蜂蜜の匂《にお》いが香ってくる。銀狼はぺちゃぺちゃと舌を動かしながら、

(また興奮したね。もう大洪水だ)

「ひぁ、い、いえ……違、ぁ……ぁあん」

(恥ずかしがることはないよ。私も興奮しているから)

ハァ、ハァと断続的に吐きかけられる息の熱がミュリエルの秘所にこもり、そこを獣の匂いに変えていく。銀狼の興奮が伝わってきて、めまいがしそうだ——と、銀狼がぽんっと跳ねてミュリエルの腰に前脚をかけた。真っ赤に充血した陰茎が、うつぶせのミュリエルからよく見える。

(そろそろいいね?)

「……あ……」

恥ずかしくて言えなかったが、こくんと頷く。銀狼は、バートであり、狼公爵だから……いまここでつながれば彼らとの誓約は果たされ、バートは呪いから解放される?

まろやかなお尻からつながるぬかるみに、陰茎の先端が刺さった。ちゅく、と音が響く。先のほうが細いかたちをしているので、入れるだけならあまり抵抗はない。だけど奥まで貫かれ

たら、どんな快感を味わえるのだろう――ぞくぞくしながらもミュリエルには一つだけ願いがあって、

「あ……あの……」

(なんだい？)

「名前……呼んでください、わたしの、ほんとうの……お教えしますから」

ミュリエル・ローズマリー・マリーベルと。オーク王女だと、わかったうえで抱いてほしい。そしてこれが呪いを解く行為でもあると再確認したかったのに……銀狼はミュリエルのうなじに顔を寄せると、心の声で伝えてきた。

(わかっているよ、フロランシア)

「え……」

ミュリエルは目をみはる。銀狼の顔が見たかったが、背を押さえつけられているので、振り向けない。

「なにをおっしゃっているのですか？　わたしはミュリエルといいます、オーク王女、ミュリエル・ローズマリー……」

(あなたはフロランシアだ)

銀狼は有無を言わさず伝え、ミュリエルの頰《ほお》をぺろっと舐めた。

舌の温度を冷たく感じる……なぜ？

(意外かい？　だが、私にはわかる。あなたは私の愛する王女、フロランシアだよ――二百年

前に、この同じ切り株の上で夫婦の誓いをたてたが、不運にも添い遂げることが叶わなかった……その最期《さいご》のときに交わした誓約を果たすためにようやくこうして、私のもとへ生まれ変わってきてくれた、愛《いと》しいひとだ）

（違うわ）

強く、感じた。ミュリエルは、ミュリエルだ。フロランシアだったことなんて一度もない。やっとベリンダとしてではなく結ばれると思ったのに、また、だれかの代わりだなんて。

「違います……ぁ！」

銀狼がぐっと腰を前に進め、先端を花びらにすっかり埋めた。そこから先は棹が太くなっているので、なかなか入らない。ミュリエルは切り株に爪をたてながら訴える。

「わたしは……わたしは、ミュリエル、です。フロランシアじゃないわ、バートさま……っ。あなたがバートさまであるように、わたしも……！」

（……私はバートではない）

溜息混じりの、銀狼の心。ミュリエルの腰を押さえている前脚に、力がこもった。

（私の子孫、アルバート・バーロソミューは子供のころに獣になることを拒否したため、本来ならば溶けあうはずだった私の魂を弾きだしてしまった。獣へ変化を遂げた体を意識下に置くことができなかったのもそのせいだ――あいつが私を受け入れていれば、私はバートとしてあなたを抱いただろうが、あいにくアルバート・バーソロミューの意識は聖堂で誓約を放棄したときに失われている……――だから、いまのこの私は暗黒の森の王。銀狼だ）

ミュリエルは前のめりに逃げようとするが、銀狼の力にはかなわない。

「い、いや……そんなの」

（バートさまじゃない）

これは銀狼。ただの獣？　バートの意識は彼のなかになく、ミュリエルが身を捧げても……

バートは戻ってこない？

それに、求められているのはミュリエルですらない！

狼の欲棒がめりめりとミュリエルを押し広げて入ってくる。その痛み、愛するひとを失くした衝撃からミュリエルは悲鳴をあげた。

「い……いやぁああ！」

（ああ、フロランシア）

獣が腰を使いだす。ミュリエルのそこは蜜をこぼすものの、それは涙に似ていて、快楽ではなく悲しみを与えた。ねちゃり、ねちゃりと濡れた音が響き渡る。

（どうして……ここにバートさまはいないの……っ？）

（フロランシア。あなたとこうして再び結ばれることを、私はどれだけ待ち望んでいただろう）

違うのに。違う、のに。

（あなたのなかの心地よさは生まれ変わる前とまったく変わっていないね。愛しいひと、あなたが王に汚されたあと、慰めてやれなかったことがずっと気がかりだった）

尖った鼻先がミュリエルの肩に近づき、甘噛みする。獣の唾液《だえき》が肌に垂れ、自分が汚れていくような気がした。

　はやく終わって、はやく……。

(苦しいのかい? 愛しいひと、待っていておくれ、もうすぐ……あなたのなかを私で満たして、ほかの男のものなど洗い流してやるから)

「え……」

　銀狼の息はますます荒くなり、腰の動きは激しさを増していく。ミュリエルの両胸も動きにつられて揺れたが、肌はほとんど冷たいまま——いまの言葉で完全に血の気が引いていく。

(なかに、出すつもり?)

　銀狼の精液がミュリエルのなかに注がれる? バートや狼公爵——あれはバートの抜けがらの姿だったらしいが——が、残してくれたものを洗い流されてしまうなんて、そんな。

「いやっ……! やめて、お願い、なかに出してはいや……!」

(怖がることはないよ、愛しいひと。別に毒ではない)

「いやよ、いやなの、わたしはバートさまがいいのっ……だめぇ、出さないで、だめっ……あっ、ああ——!」

　銀狼の鋭いものが、ミュリエルの胎内《たいない》の最奥《さいおう》に突き刺さった。強く背中を押さえつけられたうえ、うなじを銀狼が噛《か》む。次の瞬間、どくっどくどくと、なにかが飛びだしてきた。

(くっ……)

「……あ、あっ……出て……」

どぶり、どぶり、と、脈とともに押しだされる獣の精液。それは鋭い先からじかに小箱に注がれていき、子宮が広げられる痛みにミュリエルは身を硬くして堪えた。銀狼が引き抜いたらすぐにお腹に力を込めて、すべて外に出してしまいたい。はやく……と、願っているのに、獣はすぐに離れるどころか、ミュリエルにぴったりと重なったままだ。

「……重いわ」

自分を犯したものを涙目で睨《にら》み、

「どいて」

(まだ終わっていないからね)

非情な宣言どおり――ミュリエルのほうから離れようと身じろぎしても、放出したはずの銀狼のものは萎えるどころか、なかで一部が膨《ふく》らんでこぶをつくり、淫穴にぴったりとはまりこんでいた。

抜けない、どうして？　がくがく震えるミュリエルに、

(ひとと獣の違うところだ。我々の雄《おす》の性器は放出したあと雌《めす》の性器に蓋《ふた》をするようにできている。確実に子をはらめるようにね)

子を？　はらむ……ミュリエルが、銀狼の子を？

「いや……」

四《よ》つん這《ば》いで身じろぎすると、胎内でたぷん、と注がれたものが揺れるのがわかった。銀狼もそれが伝わったらしく、笑いを含んだ様子で、

(ほら、わかるね……あなたのなかで私の子種が喜んで躍っている。もう、この一度ではらんでしまったかもしれないね)

「いや……いやなの」

(念のため、重ねて交わろう。フロランシア——あなたを待ち望んだ数百年ぶんの精をすべて、注いであげるよ)

「いやあああ！　バートさまぁあ！」

身体《からだ》が熱い。頭がぼうっとする。いっそ、心を壊してしまえたら——バートのもとへ行けたら……！

(ほんとうにもう、お会いできないの？)

ぽろぽろと涙をこぼす。

再び、腰を使いだした銀狼がミュリエルの小箱に精液を塗りこめるよう、先端をぐりぐりと押しつけた。ミュリエルは血が滲《にじ》むほど唇を嚙《か》んで拳を握りしめながら、ひたすら、心のなかでバートの名を呼ぶだけだ。

＊

水音が、聞こえる——……。

薄目を開いて見たそこは、洞窟のなかだった。凌辱《りょうじょく》を受けているあいだに気を失い、運ばれてきたらしい……尖った石の先から、しと、しと、と、しずくが時間を刻むように滴《したた》っている。岩からちょろちょろ流れだした水が、水路のように壁と床の隙間を流れてどこかへ続いていく。

ミュリエルは裸だった。大きな獣――銀狼が身を屈めて、ミュリエルの足の指、腿《もも》から腰、秘所から胸へと丁寧《ていねい》に舐《な》めている。おかげでミュリエルの肌には血が通い、どうやら生きていることを実感できた。

愛欲を満たしたことで、反省したのか――さすが、ただの獣とは違うと褒《ほ》めるべきか？　最後にミュリエルの頬を舐めた銀狼は、情けないくらいにしょんぼりした声を伝えてきた。

（フロランシア、目覚めてくれ）

ミュリエルが知らんぷりすると、

（すまない、やりすぎた。久しぶりだったから……きみをこんなにも痛めつけるつもりはなかったんだよ。後生《ごしょう》だから、目を開けてくれないか）

また肌を舐めようとして顔を寄せてくるので、

「……やめて」

冷ややかに言い、睫毛《まつげ》を揺らして獣を見る。

その眼差《まなざ》しに愛情はひとかけらもこめなかったが、銀狼は心からほっとした様子で尻尾《しっぽ》をぱたぱた揺らした。

（よかった。フロランシア、なにか欲しいものはあるかい？）

「フロランシアと呼ぶのはやめて。わたしはミュリエルよ」

(……そうではないよ。きみは、確かに……)

生まれ変わりについての問答に意味はなかった。ミュリエルの魂が以前だれだったかということが問題なのではなく、いまのミュリエルが、ミュリエル以外のものにはもうなりたくない、ということなのだから。

……だから、銀狼にミュリエルと呼んでほしいかといえば、そういうことでもない。バートに、バートの魂で呼びかけてほしいだけ。だからこの獣とは口も利《き》きたくなかったが、どこかもわからない場所で裸のままではなにもできないから、

「……服が欲しいわ」

仕方なく、言ってしまってから、こんな森のなかにひとの衣服はないだろうと思い至ったが、

(服？　いいとも、待っていてくれ)

銀狼はいそいそと洞窟の奥へ姿を消した。ひとりぼっちになったとたん、寒さを感じる。ミュリエルはぶるっと身を震わせたが、銀狼はまもなく、大きな荷物を引きずりながら戻ってきた。

それは古い箱で……表面はぼろぼろだが、作りはしっかりしていた。黒ずんだ金具は触れただけであっけなく壊れる。なにが入っているのかびくびくしつつ、そっと蓋《ふた》を持ちあげると――漆《うるし》と、虫除け草の香りをふわりと感じた。

「あ……」

なかは、外見ほど傷んでいない――どころか、仕舞われたときそのままのかたちで残っていた。蓋の裏は漆塗りで、植物の絵が描かれている。内張りは絹……たたんだ布の上に、手鏡と櫛《くし》が乗っていた。女物だ。

ミュリエルが櫛を手に取ると、銀狼が懐かしげに目を細くした。

(あなたのものだ。よく、その櫛で私の毛並みを梳《す》いてくれたね)

……汚らわしい！　すぐに櫛を置いた。手鏡も見ない。獣に犯されたあとの自分の姿など見たくない。さっさといちばん上の布をつかんで、引きずりだす。ひからびた虫除け草の束が、ころりと落ちた。

風のヴェールのように……広がった布を見て、ミュリエルは目をみはった。

ずいぶんと古い、骨董品《こっとうひん》のような衣装なのはよくわかった。いまの時代とは違い、身体の線を見せるつくりで、スカートの裾《すそ》も広がってはいない。ただ胸元や袖《そで》の細部に至るまで丁寧《ていねい》に縫《ぬ》われ、胸には銀糸の刺繍《ししゅう》が施され、地の布もいまは黄ばんでしまったがもとは純白だったに違いない――……。

(あなたが嫁いできたときの衣装だよ。私は、それを着たあなたの姿にひと目惚れをした)

「っ……」

次々と、思い出の品が目の前に現れるたび、フロランシアになれと呪われているような気がする。ミュリエルは花嫁衣装を箱に押しこみ、もう一枚、奥の布を取りだした。

そちらは残念ながら、彩り鮮やかな模様が織《お》りこまれた毛布だった……ミュリエルは泣きそうになり、毛布を銀狼に投げつける。

「こんなの服じゃないわ！　切り株で脱いだ服を取ってきて！」

（……）

銀狼は頭からかぶった毛布を振り落とし、大事そうにくわえてミュリエルの膝にのせた。

（少しのあいだだけ羽織《はお》っておくといい……すぐにあなたの言うものを取ってくるから）

と、背中を向けた獣に……お礼を、言うべきか？　自分を犯したものに？　ミュリエルがじっと口をつぐんでいると、後ろ姿の銀狼がぴたりと足をとめ、

（――フロランシア）

「……っ」

呼ばないでって、いうのに。ミュリエルを振りかえった金の目は、乞《こ》うような切ない光を帯びていて、

（愛している）

ミュリエルは、愛していない。首を横に振って拒むと、銀狼は悲しそうに顔を背け、ぱっと駆けだした。

＊

――ミュリエル、ミュリエル……。

いやな夢を見た……身体のなかを、たくさんの獣が泳いでいる夢。ミュリエルの胎内《たいない》、心臓、血管にも小さな獣がうようよしていて、ミュリエルの人間の部分を食いつくしていくのだ。

――（フロランシア。愛している）

小さな獣が一斉に喋《しゃべ》る。これはあの銀狼の声。

わたしはフロランシアじゃないのに！　ミュリエルが叫ぶと、

――（いいや、もうきみはフロランシアだよ）

獣が言うのだ。

――（だって、ご覧。もうきみの体は獣になった――銀狼の妻にふさわしいきみはもう、ミュリエルじゃない。フロランシアなのさ）

はっとして手鏡を取ろうとしたミュリエルは、自分の手に銀の毛が生えていることに気づいた。手のひらに肉球がある。鏡をのぞきこむと、そこにいるのは狼……。

「きゃあぁ……！」

悲鳴を上げて飛び起きた。

「ミュリエル……！」

自分を呼ぶのはだれ？　銀狼？　まだ喉《のど》から声が出るのが信じられない。闇を掻《か》くようにして逃げようと、暴れた。

「きゃあ、いや、いやぁ……ぅ！」

「しっ……」

ひとの手で、口を塞がれた。今度はだれがわたしを犯すの？　がたがた震えながら逃げることさえできないミュリエルに、根気強く言い聞かせたのは……頼もしい少年の声だ。

「僕だよ。静かに……落ちついて。コリンだよ、ミュリエル。わかる？」

わかる？　わからないはず、ない……だったら、すべてが夢？

おずおず手を掲げると、闇のなか、少年の手がほの白く浮かんでいた。毛も生えていなければ、鉤爪《かぎつめ》もない。

潤んだ視界に映ったのは、暗い洞穴。水音がしたしたと続けて聞こえる。ミュリエルの肩から毛布がずり落ちた……石を枕に眠ったことまでは覚えている。眠りに落ちる寸前、銀狼が体をあたためるように覆《おお》いかぶさってきたことも。

とてもいやだったけれど、寒かったから、拒めなかった。

それが、どうして、コリンが？

ミュリエルが戸惑う理由がわかったらしく、コリンは息をつくと、

「あいつなら……あの大狼なら、いまはいないよ。切り株のところに森じゅうの獣が集まっていて、集会を仕切るのが役目らしいんだ。さすが、獣になっても公爵さまってところかな」

ミュリエルは首を横に振った。友だちの手に沁みこんだ蜂蜜のあたたかい香りに、少し心が安らいでいる。

「……公爵さまじゃないの。もう、あの獣がバートさまを乗っ取ってしまったのよ……コリンはどうして、ここにいるの？」

「きみが心配だったからに決まっているだろう」

コリンは少し怒ったように言った。

「僕だけじゃないよ。きみの姉さんも、公爵の城のひとたちも心配している。執事っていうやつが僕たちに、バーソロミュー家に伝わる話を教えてくれたんだ。公爵家の祖先の銀狼は、大きな楡《にれ》の切り株に置き去りにされた花嫁と結婚したんだって？　……それはきっと、僕が知っている場所のことだろうって思ってさ」

ミュリエルはたぶん、コリンが執事に聞かされたほどには昔話を詳しく知らなかった。だけど楡の切り株というのは、自分が銀狼に犯されたあの場所のことに違いない。でもどうして、コリンがそこを？

「きみ、知りたがっていたじゃないか。僕が毎年蜜をとってくるはぐれ巣のことさ……それ、あの切り株のことなんだよ」

「ええっ？」

銀狼の前脚を舐めたときに味わった、あの蜂蜜……どうりで知っていると、懐かしいと感じたはずだ。コリンがいつも分けてくれた蜂蜜そのものだったのだから。

（やだ、もう、なんだか……）

泣けてきてしまう。ハニーポット・ヴィルでの無邪気な毎日、あのすべてがきらめいて感じられ、懐かしい。

「ここは切り株のそばなのね？　だけど洞窟なのに、どうして、わたしがいるってわかったの？」

「あの狼が見張りをするみたいに、入り口に座りこんでいたからさ」

陽のあるあいだ、ずっと……銀狼はそうしていたという。ミュリエルがそばにいないでと追いだしたからだ。一度、洞窟の前を離れたが、そのときは野ブドウの枝をくわえてすぐに戻ってきたため、コリンは夜まで様子を見ていたらしい。

そして銀狼が切り株のもとへ向かい、仲間たちの集まりへ加わったのを確かめてから……なかへ入ってきた。

なかが安全とは、限らなかったのに。

「ありがとう、コリン」

ミュリエルはぼろぼろ泣くばかりだったが、

「いいんだよ。それよりも」

コリンはミュリエルの腕をつかんで、しっかりと顔を覗《のぞ》きこんだ。

「このまま僕と逃げる？　ミュリエル……夜の森は危険だけれど。獣の目をかいくぐって逃げ切る自信は……正直ないけれど、きみがどうしても堪《こら》えられないっていうんなら、連れていくよ」

コリンがここまで言うということは、ほんとうに危険なのだ。ミュリエルには牙のお守りがあるけれど、彼には？　……ここまで来るのだって、相当危ういことだったのに違いない。

（そうだ、お守り）

銀狼の牙。忌々《いまいま》しいけれど、バートがかけてくれたものだから……外せなくて、ずっとつけていた。ミュリエルはそれを掲げてみせ、

「これ、狼除けになるのよ。よかったらコリンがつけていって」

コリンは首飾りをいちべつして、首を横に振った。

「いらない――それ、公爵に貰ったものじゃないか？」

ミュリエルが頷くと、

「だったら、つけておきなよ。公爵はきみが好きだったんだし、きみも公爵を好きだったんだ……たとえ狼に身体《からだ》を乗っ取られてしまったって、魂はきっとその牙に宿っていて――きみを守ろうとしてくれるんじゃないかな」

（バートさまが？）

この、牙のなかにいる……？　なんの根拠もなくとも、それは希望だ。バートはすっかり消えてしまったわけではないかもしれない……ミュリエルはお守りを両手で包みこんだ。

「そうだね……やっぱり、コリンはすごいね。ありがとう」

「ミュリエル。よく聞いて」

いつ集会が終わり、銀狼が戻ってくるか知れない。のんびりしている時間はないのだ。コリンはミュリエルの肩に手を置くと、早口で言った。

「きみがもう少し堪えられるんなら、僕はこれから公爵の城に帰ってきみの無事を知らせてくる。実はあのあと、ベリンダ王女がハニーポッド・ヴィルの連中に招集をかけてきみの捜索隊

を組んだ。いくら変身するところを見ていたからって、狼公爵とほんものの狼じゃぜんぜん違うからね……妹を獣の餌《えさ》にできるものかって、すごい剣幕だ」

「ベリンダが」

「それから、明朝には王都から兵が戻ってくる。王さまは――どうやらきみとベリンダ王女の入れかわりに気づいたらしくて、自ら詫《わ》びるためにこちらへいらっしゃるんだって。おそれ多いけれど、王さまたちが到着したら捜索隊に合流していただいて、まっすぐここまでご案内するつもりだ」

「お父様が？」

（助けにきて……くださるの？）

これ以上ないくらい頼もしい味方の登場を、どう受けとめていいのか戸惑った。

もとはベリンダがはじめたこととはいえ――バートを好きになったのはミュリエルのほうで、銀狼についてくるのだって自分の意思でしたことだ。なのに助けてほしいなんて……どこから？　なにから？

銀狼とて、心は消えてもその身のもとは、間違いなくバートだったのに。

「洞窟じゃたてこもられたら逃げ場がないから、たぶん夕方……僕らが戻ってくるころ、ミュリエルはあの切り株のところまで出てきて。あとのことは任せてくれていいから」

「……うん」

ためらいはあるが、いまのミュリエルにできることはない。

せめて気をしっかり持とうと、お守りを握りながら友だちに笑いかけた。

「大丈夫。コリンが来てくれたし……バートさまもここにいるから」

「……妬《や》けるなあ」

「え？」

コリンがふいにミュリエルを引き寄せ——唇で頬《ほお》に触れた。淡い熱が心まで掠《かす》め、ミュリエルは目をぱちくりさせる。濃い蜂蜜の匂《にお》いと、かすかなぬくもりを残して離れた友だちは、

「もう行くよ。じゃあ」

「うん……気をつけてね」

ミュリエルはぽかんとしてコリンを見送った。


いやな夢を見た場所に再び体を横たえ、石を枕に目を閉じて、しばらくして。

大きな生きものの気配が、洞窟に戻ってきた。甘酸《あまず》っぱい獣の匂いがする——ミュリエルの体のなかに残るものと、同じ匂いだ。

コリンが出ていってから、どれくらいたつだろう。友だちは獣と鉢合《はちあ》わせなかったか？　無事に公爵の城へたどりつけただろうか……獣がいきなり耳元で、**おまえの友だちを殺してしまったぞ**、と言いだすのではないかという恐怖に、じんわり汗が滲《にじ》んだ。

それでもじっと目を閉じていたので、銀狼はミュリエルが眠っていると思うのか……なにも伝えてこないまま、しばらくはのしのしと洞窟内を歩き回っていた。やがてミュリエルのそば

まで来て、鼻を鳴らす。必死に目を閉じていると、

(……匂いがする。私の知っている匂いだ)

ぎくっとした。狼の敏感な嗅覚《きゅうかく》は、コリンの残り香でさえ気づいてしまうのか……けれどそれはコリンがつかまっていない、という意味でもあるはず。

(私の留守に、だれか訪ねてきたのか?)

独り言なら、応じる必要はない。かたく目を閉じたまま眠った振りをしていると、銀狼が舌先で遠慮《えんりょ》がちに、ミュリエルの頬を舐《な》めた……コリンが触れたその場所を。そして、

(……蜂蜜の味か。涙の乾いた香りなのか?)

独り言を続けて、仔犬がするようにクゥン、と鼻を鳴らした。ミュリエルのそばにうずくまる。腕が毛皮に重なり、あたたかさが沁《し》みてきた。バートを奪った憎い獣だけれど……このぬくもりはバートだったもの。寝がえりをうつ振りをして巨体に抱きつくと、銀狼は身を震わせ、それから力を抜くように息をついた。

＊

朝……目覚めたときそばに銀狼はいなかった。今度は悪夢も見ずに眠れたため、ミュリエルは一瞬自分がどこにいるのか忘れてしまったくらいだ。岩の隙間《すきま》から光がさしこむ洞窟のなかは、苔《こけ》がきらきらと緑色に光っている。

湧水で顔を洗い、口をすすいだ。体はまだ、荒らされた下腹部が火照《ほて》っており、空腹は感じていてもあまりなにかを食べたいという気持ちにならない。溜息をついて、自分を見おろし……ハニーブロンドがひどくもつれて絡まっていることに気づいた。

自分はいま、ずいぶんみっともない姿をしているのではないか？

昨夜、コリンが灯りを持っていなくてよかった。それに……胸で揺れる牙。このなかにいるかもしれないひとは、どこかでミュリエルを見守っている？　だとしたら、

（だめね……こんな格好じゃ、笑われてしまうわ）

そそくさと手櫛で髪を梳いたものの、細くてもつれやすい髪は指先でだまになり、焦って梳けば梳くほど毛玉が増えていく。

（やだ、もう、こんな髪）

ついには、ヤドリギのようにもじゃもじゃになった。肩を落としてしょげているところに、のっそりと戻ってきた銀狼が、

（おはよう、フロランシア……どうしたことだ、その髪は）

「放っておいてくださいっ。それにわたしは、フロランシアじゃありません！」

八つ当たり気味に言って、振り向きもしないでいると、後ろでカリカリと音が聞こえだす。

いったいなんなのか――仕方なく様子をうかがうと、銀狼が衣装箱に飛びあがって前脚を置いたり、顔を斜めにして蓋をかじったりしていた。ミュリエルは眉をひそめる。

「なにをしているんですか」

(いや……このなかに、櫛が入っていたではないか?)

フロランシアが銀狼の毛並みを梳《す》いたという、例のあれか。もう見たくもなかったが、銀狼があまりにも一生懸命に勧めるから、しぶしぶ蓋《ふた》を開けた。鏡のほうは、見る勇気がない……ミュリエルは櫛だけを手に取り、水に浸した。そこで髪を梳きはじめようとすると、

(よかったら……外に出てはどうだろうか? ここではわからないが、よい天気なのだよ)

銀狼はそわそわとミュリエルのまわりを歩きまわる。いったいなにを考えているのか……岩間から光がさしているのだから、晴れていることくらいわかるのに。

ついには急かすように鼻で押され、仕方なく洞窟の出口から足を踏みだして……、

(あ)

木漏《こも》れ日《び》のきらめきに、驚いた。

出口のそばに椅子《いす》とテーブルのような岩が並んでおり、テーブルのほうには果物がのっていた。緑の葉を皿にして、イチゴやスモモ、小ぶりの梨やクルミと、蜜を滴《したた》らせた蜂の巣まで並んでいる……これだけ集めるのは容易ではないのでは?

かえりみて、明るい光のもとで見る銀狼はといえば……ミュリエルに負けず劣らずの乱れっぷりで、毛は薄汚れて泥でかたまり、葉っぱや小枝をいっぱいつけていた。特に、頭のてっぺんにハート型の葉っぱを乗せているのがおかしいが……当人はまるで気づかないまま、尻尾《しっぽ》をぱたんぱたんと揺らしながらミュリエルを見あげてくる。

……これじゃあ、怒れない。

とりあえず……と椅子のほうに腰を下ろすと、鼻先で葉の皿を押して寄こし、テーブルに前脚を乗せたまま、まだまだ健気《けなげ》な目で見つめてくるため、

「……いただきます」

ミュリエルはイチゴを一粒、口に運んだ。食欲はないはずだったが、甘い汁がすっと喉を降りていって、生き返る心地がする。たて続けに三粒食べ、もうひとつ、と口を開けたとき、銀狼と目が合ったので、つい、

「……あなたもお腹がすいているのかしら」

つまんでいたイチゴを尖った口元にさしだすと、銀狼は器用に牙の隙間で受けとり、ぱくんと食べて咀嚼《そしやく》した。

(うまい)

「あなたって、肉食ではないの？」

つい訊くと、

(肉は好むが、果物もきらいではない。蜂蜜は好きだし、蜜をたっぷり吸っている巣もデザートにはもってこいだ)

「これのことね」

とれたての蜜蜂の巣はシロップにつけたビスケットに似ている。巣を割ってやってさしだしてやると、狼は頭を斜めにして、かり、かり、と牙で上手に食べた。調子にのって食べさせているると急に顔を背けて口をぱくぱくさせだして、

（……いかん。食べ過ぎた）

胸やけがするらしい。

（草を食べてくるから、あなたは食事を続けていてくれ）

申しわけなさそうに伝えて、のそのそと草むらに入りこみ、草をちぎって食べている。

ただの犬のようなそんな姿を、ミュリエルはスモモをかじりながら眺めていた。耳元で羽音が聞こえ……蜂蜜の匂いに惹《ひ》かれてやってきた蜜蜂だろうと思い、目を向けると――スズメバチだ。非情な黒い目。ミュリエルに針を向けて威嚇《いかく》してくる。

「きゃ……」

とっさに逃げることもできず、硬直したが、

（――フロランシア！）

いちはやく異変に気づいた銀狼がひとっ飛びで駆けつけ、前脚でスズメバチを叩き落とした。目をまわしてぶんぶん怒っている昆虫を後ろからそっとくわえ、

（川に捨ててくる。ここで痛めつけたら仲間を呼ぶからな）

「え、ええ……あの」

（うん？）

わたしはフロランシアではないの……なんて言葉を、命の恩人にぶつける気になれず、

「……ありがとう。助かりました」

お礼を言うと、銀狼は目を細めた。笑ったみたいだ。

また、スズメバチが寄ってきたらいやなので食べたあとの種や皮は土に埋め、洞窟の水で手を洗った。それからミュリエルは椅子に戻り、改めてゆっくりと髪をくしけずりはじめる。

化粧《けしょう》はきらいだが、髪の手入れは好きだ。ミュリエルのハニーブロンドは細くて絡まりやすい代わりに、梳かすと艶《つや》が出てほんものの蜂蜜のようなおいしそうな色に変わるから、鼻歌までこぼしながらせっせと梳いていく。

銀狼はそんなミュリエルの足もとにうずくまり、時おりちらっと片目をあげてミュリエルを見あげたり、たいくつそうに肩の毛並みを舐めたりしている。

陽射しはぽかぽかとあたたかく、明るく、ハニーブロンドがきれいに梳きあがって満足したものの、まだ梳き足りなかったミュリエルは、

（……どうしようかな）

銀狼を見おろして、思う。

昨日のことを許したわけではないが、先ほどはスズメバチからかばってくれたし、果物もおいしかったので……。

すっ、と、首筋の毛並みに櫛をさし入れると、銀狼がびくっとして身を起こした。ミュリエルの手から櫛が離れる。

「あ……っ」

びっくりしたミュリエルと目を見あわせ、自分がびっくりしたことに戸惑うように目をきょ

ろきょろさせながら、再び片脚ずつうずくまった。ミュリエルが、毛並みに刺さりっぱなしの櫛をそっと動かしだすと、両目を閉じてされるままに任せる。

ミュリエルはこびりついた泥を丁寧《ていねい》に指でほぐしてから、少しずつ櫛を通した。銀狼といっても毛並みは灰色に近かったのが、梳くほどに輝きを帯びて銀に近くなり、おまけに空気を含んでふわふわになった。

「よし、っと……こんなものかしら？」

尻尾《しっぽ》の先まで梳《り》かし終えてから、身を引いて成果を眺めると……銀狼の毛並み全体がきらきらと光を弾き、凜々しさが割り増しに見える。思わず抱きつきたくなるほどのふかふかぶりだ。

（……なにか変か？）

まじまじ凝視されて、居心地が悪くなったらしい。ミュリエルを見返す金の目も毛並みに埋もれてつぶらに見え、鋭いというより愛らしかった。可愛《かわい》い、と思ってしまうのと同時に、ミュリエルの鼓動も、ときん、と跳ねる。

（なに、いまの？）

櫛を胸に押しあてた。とき、とき、とき……はやくなる鼓動と感情のつながりがわからない。この獣がバートを奪った憎い相手。ミュリエルを犯し、しかもほかの女性の代わりとしか見ていないもの。だから、大きらい……そう思うのに、鼓動はおさまらなかった。

心のずっと奥底で訴えてくる、この感じ——切ない、という感情に似ている。

ミュリエルは、自分の眦《まなじり》から涙がこぼれたのに気づかなかった。銀狼は気づいて、顔を寄せてしずくを舐める。

(甘い、蜂蜜の姫……どうなさった?)

柔らかい舌……あと、半日もたたないうちにミュリエルはこの狼を裏切ってひとのもとに帰るのに。急に罪悪感が湧きおこって、

「やめて」

顔を背けるが、銀狼はミュリエルの頬、首筋と舐めていき、櫛を持つ手にたどりついて甘えるようにくりかえし舐めた。ミュリエルが手を浮かせると、隙間《すきま》のできた腿《もも》のあいだに顔を乗せる。

鼻先が秘所に埋まり、息がかかった。立ちあがって、逃げだしたい……けれど、いまこの銀狼を森に放してしまったらどうなるだろう?

捜索隊に気がつくかもしれない。森の王として獣たちを率《ひき》い、ハニーポット・ヴィルのひとたちやオーク王の兵を襲うかもしれない。

(それはだめ。絶対に、だめ)

ミュリエルのためになど……一人の怪我人《けがにん》も、傷つく獣もいてほしくない。そんな価値、自分にはない。

銀狼を夕方まで、決して、そばから離さないでいよう……。

ミュリエルの秘部に顔を埋めた獣は、プフゥ、プフゥ……と、息を激しくしはじめた。尻尾がひっきりなしにぱたぱたと揺れている。ミュリエルは柔らかい毛に覆《おお》われた顎《あご》に指を添えな

がら、

「顔を離して……くすぐったいわ」

(うん?)

絶対に、聞こえない振りだ……あくびをして顔を浮かせた獣が、ついでのように舌を伸ばして内股を舐める。衣服越しだが、ぬるいものが這《は》う感覚は敏感に伝わった。銀狼は目を閉じ、寛《くつろ》いで眠った振りをしながら、ぺろり、ぺろりと舌を出しては引っこめ、ミュリエルのそこを湿らせていく。立ちあがることもできず、じっと座っているだけで与えられる感覚。淡い痺《しび》れが肌の内にわだかまっていくのを感じたものの、それを快楽だとは認めたくなくて、ミュリエルは疼《うず》きだした花びらにきゅっと力を込めた。

でも……匂いが変わったことを、銀狼が気づかないわけない。ただでさえミュリエルの香りは甘く濃い蜂蜜の香りで、わかりやすいから。

(ん?)

と、とぼけて押しつけた鼻の先の衣服とふっくらした肉のちょうど向こうに、女の子の花芽《かが》があり、感じやすいそこに刺激が伝わって、ミュリエルは表情を歪めてしまった。

「っ……ん」

花芽が痺れ、とろりとまた、花から蜜が溢《あふ》れだす。ずきずきと胎内《たいない》が疼きだした……ほんの短いあいだに、狼公爵、バート、そして銀狼の味を覚えたそこは、機会さえあれば雄《おす》に埋めてほしがってうずうずしている。

もちろん、だれが相手でもいいわけはない！　バートがいちばん……狼公爵も、抜けがらであってもバートの影のようなものだから、同じだ。

では、銀狼は？　魂は獣のもの。だから戸惑う。だけど、体は……。

(熱くなってきたね。あなたのここ……私が欲しくて疼《うず》いているのかい？)

銀狼はミュリエルの反応を目ざとく察して、花芽を上下に擦るように鼻を動かす。ぎゅっと、閉じていなければならない内股をわずかに緩《ゆる》め、銀狼の頭を挟んでからまた閉じてしまった。花にぴったりと押しつけられた銀狼の口から、息がこぼれるたびにミュリエルの息遣いも乱れていく。

「ぁ……はぁ、……あ……ぁ」

足のあいだに埋まったふかふかの獣。その光景を遮《さえぎ》るミュリエルの両胸は先端がぴんと尖って衣服を内側から押しあげていた。この体勢なら、獣には見えない、はず。少しでもわだかまりを楽にするため、ミュリエルは自らの指で乳首を弾いた。ちょっと触れただけなのに、

「は、ん！」

想像以上の気持ちよさに、びくびくして腰が震えてしまう。銀狼がちらりと目をあげたが、ミュリエルの痴態《ちたい》に気づいても気づかない振りをした。それをいいことに、ミュリエルは両手の二本の指で乳首をつまんで捏《こ》ね、残りの手で膨《ふく》らみを持ちあげるように揺らした。

「ぁ……ん、んぁ……んく……ぁあんっ」

(気持ち、いい……自分でするのも、こんなに、いいの……？)

目の前がかすみ、とろけてしまいそうだ。銀狼がちょいと持ちあげた前脚をスカートにくぐらせて、肉球でミュリエルの花をくいっと押すと、

「ひゃぁああん！」

思いがけない刺激にまた目が覚め、胸への刺激に力がこもる。痛いほど捏ねて、揉《も》んで、乳首を引っぱっていると、銀狼がスカートのなかに頭を入れようとしていることくらいどうでもいいと思えてきて、膝の位置をずらした。

するり、と入ってくる獣の頭。柔らかい毛が腿をちくちくくすぐる。腿を開きすぎ、石の椅子の上で体を支えていられなくなったミュリエルは地面に降りた。土は湿っていて服が汚れてしまいそうだが、どうでもいい。下着をくわえてずらした銀狼が秘所をじかに舐めたとき、待っていた感覚が与えられたのを悟った。

「あ、ぁあん、いい！」

花びらを掻きわけた舌が、途切れなく溢れる蜜を滑らかにすくっていく。胸をいじる刺激よりもっと深い快楽だ。ミュリエルは両胸から手を離して銀狼の首筋を撫で、もっと、とねだった。

「もっと……もっと、深いところまでしてっ……奥まで、舐めてほしいの……ぁっ、そこ、いいっ！」

器用にさしいれられた舌が、淫穴の襞にたどりつく。雄に絡みつくためにあるそれは、擦られる刺激に弱いようで、銀狼が熱心に舐めだした部分が充血して膨らみ、火照《ほて》ったぶんさらに

深い心地よさをミュリエルに味わわせた。

「ぁ、いい、ぁっ……ぁ、そのまま、そこっ、続けて……やめないで、いい、やめないで……ん、んっ……ん、あっ……――」

きゅっと収縮したつぼみが一気にほころび、満開になった……そんな悦楽。目の裏側が桃色になって、自分自身も花びらに変わったみたいに。

……だけど、ふっと我に返ると満たされているのはまだ一部に過ぎなくて、ミュリエルの胎内のほとんどはまだ空っぽだと渇《かわ》きを訴えてきていた。ミュリエルが達したことに気づいた銀狼は、そこから抜いた舌を、だらりと垂らしながら息を荒くしている。

仰向《あおむ》けのミュリエルに、四《よ》つん這《ば》いの獣。彼の中心に赤く息づく雄……。

銀狼がミュリエルをまたぐように身を寄せてきても、もはや抗《あらが》えなかった。仰向《あおむ》けのままできるの？　という疑問が湧いたくらいだ。銀狼はおすわりをしてミュリエルの秘裂《ひれつ》に自らのものを近づけ、入り口をうかがう。ミュリエルは腰を浮かせて彼に協力した。

尖《とが》った先端が割れ目に刺さる。ぐぐっと入りこんでくる感覚にまだ慣れず、ミュリエルは身を強《こわ》ばらせたが、

(力を抜いて)

銀狼が伝えてくる。はじめて気づいたが……その声の響きは、バートによく似ていた。

「あっ……太、い……強く、しないで……」

(しないよ。あなたが痛いようにはしない)

その言葉通り……銀狼はミュリエルが体をかたくすると動きをとめ、落ちつくと少し進めるといったように、気遣いながらじわじわと道を開いていった。ミュリエルも、銀狼の熱さと自分の体温が溶けあっていくのを感じる。尖った先が小箱に行きつき、そこで銀狼のすべてがおさまった。

「ぁっ……刺さって……入り口、に……入って、る……」

（つながったね）

「……ええ」

銀狼の想いが満たされた様子に、つい頷《うなず》いてしまう。ミュリエルは両腿で銀狼の腰を挟み、彼を抱きしめ、柔らかな毛並みに乳房を押しつけた。ひとと抱きあっているのと同じだ……ちょっと、相手が毛深いくらいで。

それから耳のかたちも、ちょっと違うくらいで。

それから、唇のかたちも……。

（口づけをしよう）

「は、い……ん、ちゅ……く、ぁ……れろ……ぁぁふ」

尖った口の先と唇を合わせると、長い舌がミュリエルの口内に滑りこんで粘膜の襞をなぞったり、歯茎をくすぐったりする。ミュリエルが負けじと伸ばした舌は銀狼の牙に触った……片側の一本が抜けているのは、それが首飾りになっているから？　彼はやっぱり、本物の銀狼なのだ……バートの先祖。ミュリエルの好きなひとを生みだした魂。

(あなたの胸も舐めていいかな？　……おや)

「なあに？」

甘えた声を出してしまうと、銀狼はくすっと笑って口づけをし、

(いじりすぎだよ、かわいそうに。手形がついてしまっている)

からかわれて、ミュリエルは自分の胸を見た。さっきいじった手指の型が両方の胸にくっきりとついて、まるで花びらの影みたいだ。真っ赤になった頰《ほお》を銀狼が舐め、慰める言葉は、

(恥ずかしがらなくていいよ、可愛いひと。いやらしいあなたも好きなのだから)

「……知りませんっ」

(……すてきだ)

ちゅっと乳首を吸われると、嚙まれるのではないかという怖さと……赤ん坊に甘えられているような充足感が同時に湧きあがり、ミュリエルは銀灰色の毛並みを撫でることで落ちつこうとした。

そうして、恐怖と快楽の境目がわからなくなったくらいで、獣がゆるゆると動きだす。ミュリエルのなかはすでに銀狼のかたちにぴったりと沿っており、痛みはなく、彼の動きにつれて粘膜も吸いついて躍った。なかを擦られるとますます胸が感じやすくなって、銀狼が舐めやすいようにと背をそらす。両腕は、地面に突っ張った前脚にしっかりと絡みつけていた。

「ぁ、あっふ、ぁっ、ぁあっ……あ……いい、あ……ぜんぶ、気持ち、いい……」

(私もだ……昨日とはぜんぜん違う)

ミュリエルの胸を唾液でべとべとにしながら、銀狼は腰を使う。

(あなたの幸せそうな顔を見て、声を聞いていると心まで満たされる。これが、ほんものの交わりというものか)

「幸せそう？　わたし……そう、見えますか？」

(見えるとも、ああ……熱い、あなたのすべてが私を包みこんで、二百年来の孤独も癒していく)

「孤独、って？　あなた……好きなひとがいたんでしょう？　どうして」

フロランシア、という、銀狼の妻であり愛するひとがいたはずだ。かつて心から愛したひとがいて、二百年かけてももう一度会えるという希望のなかで待つのなら、それは孤独を伴うものだろうか？　ミュリエルにはわからない……ただ、いまこのときもまだ自分が代わりだということを思いだして、さみしくなるだけだ。

しかし銀狼も、同じくらいにさみしそうな目をしながら、教えてくれた。

(フロランシア……あなたは覚えていないのだろうが、私は、かつてあなたがほかの男に奪われるのを見た)

「え……」

(相手の男は……あなたの信頼を裏切ってそうしたのだ。私はすぐに気づいてやれず、その場を目にしたときも、どうしていいのかわからずに立ちすくんだ)

相手はだれだったのか——ミュリエルは知りようがないが、銀狼が言わないということは知らないほうがいい相手だということだ。

「……それで？　密会の場に居合わせて、あなたはどうなさったんですか」

（……考えた。迷った……やはり私が獣だからいけないのか。ひとに生まれついたフロランシアには、たとえ何者であろうと相手はひとのほうが良いのかと――その迷いの隙《すき》を突かれ、私は男に殺されたのだ）

「っ……」

体のなかで、銀狼のものが熱をあげた。そのときの悔しさ、無念が彼の攻撃欲を増したらしい。

「ぁ、ふっ……あ……深いところ、抉《えぐ》らない、で……」

（……百年、また百年と時間を重ねても再び彼女と結ばれたいと願ったのは私だ。だが、フロランシアがその願いをどう受けとめてくれたのか、わからない。もしかしたら来世ではひとと契り交わしたいと望んでいたかもしれない……わからないまま私は死んでしまったから、待っていたのは、私だけだ）

一方的な約束――……フロランシアが生まれ変わるかどうかもわからなければ、生まれ変わって、再び銀狼のもとへ来てくれるかどうかもわからない。けれど、誓約で自らを縛《しば》った銀狼は、いつまでも待つしかない。それは、孤独だろう。

そんなふうに待ち続けて、ようやく巡りあえた王女が……ミュリエルだった？

銀狼のことをちっとも覚えていなければ、結ばれたいとも願っておらず、流されるまま出会ったバートに惹《ひ》かれ、彼を奪った憎い獣を裏切ろうとしているミュリエルが？

（ひどすぎるわ）

銀狼の運命が……悲しすぎる。残された時間は、あとどれくらい？　どれくらいのあいだならミュリエルは耐えられる？　心を壊さずに、せめてひとときでも銀狼の孤独を癒《いや》せるくらい……いい子の振りをできるだろうか。

激しく突かれながら、銀の毛並みに抱きついた。深く、深く抱きしめて自ら牙のある口に口づける。

（……？）

不思議そうな、銀狼に、

「……フロランシアって、呼んでもいいわ」

自ら、許した。銀狼がつぶらな目でまたたきする。

（……いいのか？　だが、きみは、覚えていないのでは）

「覚えていなくても……あなたがフロランシアだと信じていらっしゃるなら、わたしも受け入れます。もう、バートさまが戻っていらっしゃらないのなら……わたしの伴侶《はんりょ》は、あなただけ」

たくましい首を抱き、彼が深く突きやすいように腰を浮かせた。

「……して」

短い乞《こ》いに、銀狼の本能に火がつく。これまで、森の王らしい理性で抑えつけてきた……雌への支配欲を爆発させ、強く容赦《ようしゃ》なく、ミュリエルを突いた。奥まで抉《えぐ》り、引き抜いてまた抉る。血を吐きそうな激しさにミュリエルはもだえた。

「あぁ！　あ！　あ、ふ！　ぁあ！　あ、あああぁ！」

（愛している）

首筋を嚙《か》まれる痛みなど、貫かれる痛みの前には快感でしかない。

「ぁあん！　あ！　ぁ……深い！　壊れちゃ、う……ぅああん！」

（今度こそ、添い遂げよう。終わりのときまで手を取りあって生きていよう。私はあなたを裏切らない。魂かけて、愛している。今生、あなたに巡りあえたことだけで充分だ。もう、もうこれ以上の幸福など望めない……っ）

「あ！　あぁぁん、ぁ……ひ、ぃ……いい、も、もう、いいから……出して――わたしを、満たしてぇ！」

（ああ、そうだ、いくぞ、い、く、ぁあ……くっ……フロランシア！）

どぶ、と音が響くほどの激しい勢いで、銀狼が放出した。

「んァ――――ッ………！」

突き荒らされた畑に、種が注がれていく。ミュリエルのなかが血の海のように熱くなりすぎたせいで、銀狼の精すら生ぬるかった。どくどくとなかが満たされていくにつれて、陰茎がこぶのように膨らんで栓《せん》をする。昨日も経験したことなので、もう驚いたりしない。

いまは、いつ？　まだまだ陽はのぼっていくばかりで、夕暮れには間がある。

ミュリエルは銀狼の髭《ひげ》を手で投げつけ、尖った口を唇で食んだ。まだ、夢見心地の様子の銀狼に、微笑《ほほえ》みかける。

「まだできるでしょう？　あなた」

（あ、……ああ、だが、きみの体が）

「わたしもまだ大丈夫――それより、このまま離れてしまうのはさみしいわ。ね――つながったままで、お互いの体を舐《な》めあいましょう？　お腹がすいたら、まだくるみと梨が残っているからそれを食べて、あなたが噛んだものをわたしが飲みこんで、わたしが噛んだものを口移しであなたにあげるのよ。それって、すてきだわ……わたしたち、夫婦みたいに過ごせるわ」

（ああ――……そうだね、フロランシア。私たちは夫婦だった）

銀狼はこれまでになく穏やかな返事をすると、ミュリエルの肌に浮かんだ汗をそっと舐めだした。

＊

日が傾く……そのときが、近づく。

日が高いあいだ、抱きあっているときに身につけていたものは衣服も下着も泥やほかのもので汚れてしまい、小川に連れていってもらったミュリエルは洗濯《せんたく》ついでに体を清めた。花は痛いほどに火照《ほて》っており、指を添えただけで、奥から銀狼のものが滴《したた》ってくる。血が混ざっているのは、行為の激しさの証《あかし》だろう……胸や首筋まで清めてから、絞《しぼ》った下着で肌を拭《ぬぐ》った。

うっかりした隙《すき》に銀狼がいなくなり、どうしたのかと心配していると、ほどなくして大きなウサギをくわえて戻ってきた。下着で体を隠して立ちあがったミュリエルに、

(栄養をつけさせてあげようと思ってね)

放りだしてみせたウサギは……手も足も耳もぴくぴくさせて生きていたが、森の王の栄養になるなら仕方がないと思うのか、観念した目をしていた。ミュリエルが指で腹をなぞると、びくっと身をかたくする。耳をくすぐってやったら、ぴょんっと身を起こした。

ミュリエルが食糧のウサギと戯《たわむ》れていても銀狼は怒るでもなかったが、ふと、思いだしたように言った。

(森が騒がしい)

ミュリエルの手がとまる。それが——?

続きを待っていると、独り言のように、

(予想できたことだが……城のものがアルバートを取り返すために捜索隊を組んだかな。彼らにとっては大事な主だったのだから、仕方のないことだ)

「……バートさまだけを、帰してあげることはできませんか」

(アルバートは獣になるよりは消滅をと望んで、消えたのだ。私の魂が消えるとき……つまり死ぬときはこの肉体も明け渡すことになるだろうが、そのときは同時に身体《からだ》も死ぬ。どちらかが、ということはないだろう)

「……そうですか」

心を押し隠したミュリエルの微笑みは、妖艶《ようえん》だった。もはや無邪気だったころの自分がこの身の内のどこに隠れているのか、自分自身でもわからなくなっている。バートが二度と戻らないのだったら、彼を好きになった少女もまた、このまま消えるのかもしれない。

銀狼は、ウサギが跳んで逃げても気づかないくらいに、裸身のミュリエルに見惚《みと》れた。

（ああ……そうだ。いや……あなたは、そろそろ服を着なくては。病気になっては困るだろう……それから今日はもう、外に出ないほうがいい。捜索隊が去るまで二人して洞窟にこもっていよう）

「そんなに警戒なさらなくても、森は広いのでしょう？　今日、明日に見つかることはありませんわ。それに、見つかったとしても……」

ミュリエルは唾を呑む。銀狼に本心を悟られないよう、自然に――しゃがみこみ、金の目に目線を合わせてにっこりした。

「ねえ、銀狼さま。日が暮れないうちに、今日のうちに行っておきたいところがあるのです」

（どこだい？　それは）

「あの、切り株に」

銀狼が不安そうにまたたいたのがわかった。そこは森の王の座だが、同時に目立つところでもあるからだ。しかしミュリエルは譲らない。

「わたしの服はしばらく乾きませんから、あの箱のなかの花嫁衣装に着替えます。もしもそれを着て二人の思い出の場所に立てば、わたしも昔のことをもっと思いだせるかもしれませんせん……だから」

自分がフロランシアであることを思いだしたら、迎えに来た父たちを安心させられるかもしれない。ミュリエルは銀狼をも、丸ごと愛しているのだと言えるかもしれない。

自信はない……けれど、彼がフロランシアだと信じているものがなんの努力もしないまま、二百年の時を無下《むげ》にして離れていくだけでは、あまりに銀狼がかわいそうだ。

森の王らしく警戒心の強い彼は容易に首を縦に振らないが、

「……着替えてきます。その姿をご覧になったら、あなたも、わたしを洞窟に閉じこめておくことなんてできないわ」

すっくと立ち上がったミュリエルの裸身を、ハニーブロンドが覆《おお》った。


どれくらい丁寧《ていねい》に手入れされ、仕舞われていたのだろう……虫食いのひとつもない衣装は、二百年の時を経て袖《そで》を通したミュリエルの肌にぴったりと馴染《なじ》んだ。体型もちょうど同じで、もしかしたら姿かたちも似ていたのかもしれない、と思える。

はじめてこの衣装を身にまとったときフロランシアという女性がどういう気持ちでいたのか、ミュリエルは知りようがない。けれど、大切に保管されていたことを思うにつけ、自分が迷いながらこれをまとうことを罪深く感じた。

どんなにきれいごとを並べようが、ミュリエルがこの衣装を着るのは、逃げるため。

銀狼をだまして、切り株まで行き、助けを待つため。

衣装を着終えて、箱の底に残っていた髪飾りを耳の上に挿すとき、手鏡を見つめると……そこに映っているひとの姿が、自分自身でもだれだかわからなくなった。フロランシア――彼女もハニーブロンドで、こんなふうに悲しげな、憂《うれ》いを帯びた目をしていたのだろうか。

洞窟を出ると、そわそわとそこを行き来していた銀狼が動きをとめ、ミュリエルを振り仰《あお》ぐ。

大きくみはった金の目に映る姿が彼の満足いくものかどうか、知りようがない。

化粧《けしょう》もしていないし、髪も結いあげてはいない。けれど、身体の線を見せる衣装はほっそりした首筋を引きたて、銀の刺繍《ししゅう》に押しつけられた両胸はかえってその量感を主張しているし、腰は前脚で抱えられるくらいに細く、お尻は丸くて愛らしいたたずまい。

銀狼がまたたきする。ほう、と洩れたのは感歎の溜息のようだ。

（……美しいね。うん……とてもきれいだ）

「嬉しいわ。なら、切り株へ連れていってくださいますね？」

（ああ。背に乗るといい）

さほど遠くはなくても、衣装が汚れるといけないからという。ミュリエルはさらわれてきたときのように銀狼の背に乗り、首筋に腕をまわして、ふかふかの毛皮をつかんだ。銀狼はゆっくりと歩みだす。舟のように揺れる背も体温も、もう自分とひとつのもののよう。

洞窟の前を過ぎ、れんげ畑にさしかかったところで、銀狼は足をとめた。くん、と鼻を鳴らして尻尾《しっぽ》を立て、耳を左右に動かしていたが、

「……どうかなさったの？」

ミュリエルがなだめるように撫でてやると、力なく耳を伏せて、口の先で足もとの花をちぎった。

ぷち、ぷち、とちぎったれんげの花をくわえて、ミュリエルにさしだす。

戸惑いながら受けとると、

(花嫁が手ぶらではおかしいからね。少し粗末だが、ブーケにしてくれるといい)

また、ぷち、ぷち、とれんげを摘《つ》みだす。おかげで歩みは亀のように遅かったが、ミュリエルは急かせなかった。銀狼が摘んでくれた花をまとめて、ひとつの茎《くき》でしばる。薄紫の小さなブーケは、古すぎて黄色がかった婚礼衣装にぴったり似合った。

蜜蜂がぶん、と飛んできて、ブーケにとまる。

どんなにゆっくり進もうとも、切り株はすぐ目の前だ。昨日はあの上で、いっそ死んでしまえたらと思うくらいに傷ついた場所。傾いてきた日に照らされて、血の色に染まっていた。

切り株に身を寄せて立ちどまった銀狼の背から、じかに切り株へ移る。長い衣装の裾まで夕焼けに溶けこんだミュリエルから見おろすと、銀狼の巨軀《きょく》が、影に呑まれつつあって小さなものに見えた。

「あなたも」

いたたまれなくなって、さしだした手に応じるように、銀狼も切り株に飛び乗る。銀狼が、心細そうにミュリエルに身を寄せてきた。毛並みを撫《な》でてやると、

(どうすればいいのかな)

二人きりの、結婚式のやりかた。ひとと獣が交わす誓い……そんなもの、ミュリエルだって知らない。

「前のときは、どういうふうになさったのですか？」

（フロランシアと？　……彼女が手にすくった蜂蜜を私が舐めて、それだけだ。小難しい誓いなどいらなかった。私は）

銀狼がぶるっと身を震わせる。

（彼女を、愛していたから……）

ミュリエルはふと抱いた違和感の理由に、すぐに気づけなかった。フロランシアと、彼女を、という言葉のなかに……ミュリエルはいないこと――銀狼はミュリエルの花嫁衣装を見たときから、一度も尻尾を振っていない。

このとき思ったのは、ただ、

（蜂蜜を？　じゃあ、わたしが巣から蜜をとって、舐めさせてあげたらいいのね）

そうすることが銀狼にとって結婚の誓いなら、同じようにしてやろう。いちばん近い巣を見まわして、ブーケを手に、ドレスの裾をたぐってそこに向かっていくあいだ、裏切りのことなど頭から飛んでいた。日が落ちかけて、蜜蜂たちはもう巣へ帰っている。これ？　と目をつけた巣の端に手をかけ、力を込めると、蜜蠟ごと一部がさくっと割れた。

休んでいる蜜蜂をくっつけたままでも、蜜の滴る巣は銀狼の好物だ。食べるときのあの一生懸命な仕草をもう一度見たい。ミュリエルは微笑んで立ちあがり、

「とれたわ。銀狼さま、あなたの好きな、蜜……」

見返す金の目の、さみしそうな光。

どうしたの？　と、彼に近づこうとしたミュリエルと銀狼とのあいだに、ひゅっと音をたてて矢が突き立った。


あまりにも唐突《とうとつ》な異物の闖入《ちんにゅう》に、ミュリエルは目をみはる。わかっていてここに来たはずだったのに、ほんとうは、わかっていなかった……切り株を中心に、れんげ畑を囲む森のなかからぞろぞろとひとが出てきて、それが同族でひとなのだとわかっていても、ミュリエルは恐ろしくなった。銀狼とはあまりにも違う姿だったから。

ひとは、顔見知りばかり……農具を武器に構えたハニーポット・ヴィルのひとたちだ。

それから、彼らを守るように配置されているのが兵だった。歩兵だけではなく騎士も加わっており、なかでも弓をたずさえた隊長の隣にいるものが鮮やかな朱のマントと金の冠をかぶっていて、目を惹かずにはおかない。

「ミュリエル」

深く響く声だ。久しぶりに会うが、忘れたはずもなく、

「お、父、さま……」

来るとは聞いていたが、自ら森の奥まで足を運ぶなんて。案内役のコリンが王のそばに従っており、その後ろにバーソロミュー邸の執事まで控えていた。

「バートさまぁ……」

悲痛な声をあげる執事は兵に通せんぼされている。オーク王は続けて呼びかけた。

「バーソロミュー公爵。当代で会うのははじめてだが、余《よ》がオーク王である。入れかわりの件、王女たちが大変に迷惑をかけたようで申しわけなく思う。余、自ら謝罪の気持ちを伝えたく思い、こうしてやって来たのだが」

銀狼は、ひとの言葉を解するはずなのに……王の姿をひと目見たとたんになぜか冷静さを失ったようだ。毛を逆立てて牙を剝き、身を低くしてうなっている。

(どうなさったの)

こんな態度、銀狼らしくない。王は臣下に接するのと同じに話しているのに……いきなり射こまれた矢のせいだろうか。ミュリエルは身を低くして、銀狼に囁《ささや》いた。

「銀狼さま。あれは、わたしの父です。敵ではありません……落ちついて」

(……憎、イ)

「……え？」

(敵……ダ、おーく王……ふろらんしあヲ、奪ッタ……我ヲ、殺シタ……憎、イ、敵……)

「違います、銀狼さま、父はフロランシアのことを知りません。穏やかな父であり、王です。どうかちゃんとお話になって……あっ！」

銀狼が頭のひと振りでミュリエルを弾き飛ばした。尻もちをついたミュリエルの手から、蜜蜂の巣とブーケが落ちる。這《は》っていって手をさしのべても花嫁に目もくれず、銀狼は天に向かって吠えた。

――オォォォォオ！　オオオオ――――！

同胞よ、集え、いまこそ敵を討つときだ、と……森の空気が一変する。ざわつく木々のあちこちから、獣たちの敵意に満ちた視線を感じるようになる。

オーク王はその気配に気づいてあたりを見まわし、兵たちに警戒を命じた。それから、ミュリエルに顔を戻す。

「兵どもの報告を聞いたときは驚いたが、まずは、おまえが無事で安心した。ミュリエルよ……そこの狼がバーソロミュー公爵に相違ないのか？」

「はい……いいえ。もとはそうでした、でも、いまは」

「バーソロミューの呪いについては聞き及んでいたが、真実、言葉も通じぬ獣に変わるものだとは――むごいことよ。もはや完全に、ひとの意識はないとみてよいのか？」

ミュリエルは頷く。でも、と進み出て、

「このかたは銀狼です、ここの森の王であり、ひとの言葉も解するかたです。ずっと、大昔に結ばれたオーク王女のかたと、再びめぐりあえることを信じてバーソロミューの血筋に宿ってこられたのですわ」

「その王女の名は、フロランシアというのだろうな」

「そうです」

父親がフロランシアの名を知っていることに、ミュリエルは驚いたが、百年ごとの誓約を守るにあたって賢王と呼ばれる男が伝説について調べなかったはずはない。カビの生えた誓約だと思ってはいても……違えられない事情は、王の側にあるのだ。

「では、おまえをさらったその銀狼は、余《よ》と話をするどころかこの喉笛《のどぶえ》を噛《か》みちぎりたいと思っていることだろう」

オーク王は溜息をつき、牙を剝いてうなる獣を見やった。

「なぜなら、かつて銀狼を利用しながら裏切り、その命を絶った男もオーク王だからだ。ミュリエルよ、我々の先祖にあたるものが犯した罪を消すことはできぬ。だが」

王の傍らの隊長が、弓に矢をつがえた。同時に、後ろのものたちも。

はっとするミュリエルに、王は首を横に振って、動くなと伝えた。

「対等に交わされた誓約なら守りもしようが、かつての罪を償《つぐな》わせるために娘をさしだすつもりはない。余はそなたを裏切った王ではないし、ミュリエルはフロランシア姫ではないのだから」

さらりと父親は、ミュリエルがほしかった言葉を言い放った。

い、い、い、い、い、い、い、い。

ミュリエルは、フロランシアではない。

ベリンダでもない。ほかのだれでもない。

落ちついて銀狼と対峙《たいじ》する父親のかたわらで、コリンが合図をしていた。ずっと一緒に遊んでいた仲だからこそ伝わる身ぶりで——そっと離れて、こっちへおいで、と。

銀狼はいまだに牙を剝いて王を睨《にら》んでいる。まるで、ただの獣になってしまったように……

ミュリエルがそっと身を離しても、気づく素振りはなかった。

（お別れなの？　こんなふうに……）

切り株の縁に立つと、れんげ畑の裏をまわって兵たちが近づいてくる。ミュリエルは婚礼衣装の裾《すそ》をさばいて銀狼を振りかえった。

「銀狼さま、狼公爵さま……銀狼さま」

声が届かない。彼の魂はバートのものではないが、過去の憎しみにとらわれてしまったいまは、あのあたたかかった銀狼ですら、ないのか……。

王女奪還の使命を受けた兵たちが、身を低くして声を寄こした。

「ミュリエル王女殿下。受けとめますから、こちらへ」

切り株から飛びおりろ、と。

ミュリエルは迷った。逃げたら楽になるけれど、好きなひとを完全に失ってしまう。だけどかつての王が犯した罪さえよく知らない自分に、これ以上なにができるだろう？

速くなる鼓動を落ちつかせようと、胸に手をあてた。手のひらにお守りが触れる――バートがくれた、銀狼の牙。このなかに魂がこもっているのなら――応えて！

「バ、バ、バートさま！」

そのとき――ミュリエルよりも先に叫んだのは、執事だった。駆け寄ってこようとするのだが兵に取り押さえられ、必死にわめきたてる。

「あなたはそれでいいのですか、バートさま！　獣になりたくないと必死に抵抗していらしたじゃないですか！　あなたが好きになったかたは王女だったんです、ちゃんと誓約は果たされたんです、なのに獣にご自身を明け渡してしまって構わないとおっしゃるんですか、バートさまぁ！」

悲痛な訴えが膠着《こうちゃく》状態を破り、均衡《きんこう》を崩した。小さくうめいた銀狼が愛するひとを探し、いましも逃げようとしている姿を見つける。

「王女殿下、おはやく！」

兵が切り株によじのぼった。兵士たち――あるいは、彼を裏切って逃げようとする王女めがけて銀狼が飛ぶ。銀狼めがけて矢が放たれた……彼が射られ――殺される？　また？　わたしの目の前で……そんなのもう、いや！

「だめ……！」

突きあげる衝動がだれの想いなのか――わかる暇もなくミュリエルは動いた。愛する獣を求めて両手を広げ、飛びだす。だれかの悲鳴を聞いた――……と、同時に、背中を射ぬかれた衝撃で仰向《あおむ》けにのけ反る。ぱす、という響き……そしてミュリエルを貫いた矢が銀狼のふかふかの胸にまで吸いこまれていく――……。

「あ……」

「ミュリエル！」

呼んでいるのは、コリンか。

（……コリン、それは、だれ？　わたしの知らない、男の子……？）


目の前で夫を殺された。

自分を犯した父の手で。

壊れかけたフロランシアの心を救ったのは、優しい夫——銀狼が残してくれた約束だった。

——百年ののちに、我が魂は、再びフロランシアと……結ばれる。

そのときを信じて。

フロランシアもずっと、待っていたのだった。


矢に身体《からだ》を貫かれたとき。

ミュリエルの心の底で眠っていたなにかの殻《から》が、ぱり、と砕けた気がした。

それはミュリエルをずっと悩ませてきた、蜂蜜の香りのもととなるなにかで、鏃《やじり》の先ですいっとすくいとられて体から離れていく。

そしてその香る風は銀狼の胸に飛びこみ、悲しみにとらわれた魂をそっと包んだのだ。


（愛しいあなた）

ミュリエルにはちゃんと、声も聞こえた。それはミュリエルの声であっても、本質は違うもの。

銀狼がうなり声をおさめる。くん、と鼻を鳴らし、自分のそばを飛びまわる蜂蜜色の光を目で追った……それは小さな、蜜蜂の姿にも見えたが、

（……フロランシア？）

（ええ、そう。わたし。甘い蜜は好きかしら、銀狼さん？）

（……好きだよ、好きだとも。だがフロランシア、まだ少し待ってくれ。いま、ようやく憎い敵を見つけたんだ。今度こそあの王の首を食いきってやったら、堂々ときみに会える）

（そうではないわ、優しい狼）

蜜蜂は諭《さと》すように言った。

（あなたがあのときお父様を殺していたら、わたしはなお苦しんだことでしょう。あなたがお父様と誓約を交わしてくださったからこそ、わたしたちは再びこうして会えたの。わたしは、だれのことも憎むのはいや……それは悲しみしか生みませんもの。愛しいあなた、それでもあなたはわたしより、王への復讐を選ぶのですか？）

（……それはないよ、愛しいひと）

暗い炎のようだった銀狼の怒りがおさまり、ほのあたたかな金の光に変わった。狼公爵の目のなかにあった光と同じ――その金色は蜂蜜の香りの風と混ざりあい、蜜蜂に導かれるようにしてこれまで宿っていた身体から浮かびあがり、離れた。

（そうとも。私はずっと、きみに会いたかっただけだったんだ……）

ミュリエルは遠ざかっていく光を見あげていた。

婚礼衣装をまとった蜂蜜色の髪の美しい少女と、銀の毛並みを持つ凜々《りり》しい狼の幻。無邪気に笑い、抱きあい、じゃれあう二つの姿はひとつの輝きに呑みこまれ、やがて空に溶けて、そして――……。


金の光が薄れてなくなったあとに残ったのは、夕焼けに照らされた切り株で……ミュリエルはそこに仰向《あおむ》けになっていた。

桃色の空はどこまでも開けていて、柔らかな風が吹きわたる。

たったいま夢から醒《さ》めたような心持ちで起きてみると……切り株を囲んでいたものみなが同じ心境だったらしく、オーク王までがぽかんとした様子で切り株の上の空を見やっていた。

ゆっくりと息をついて……矢で射られたはずなのに、生きているらしいことが不思議だったが……きゅっと胸元に痛みを感じ、見おろすと、牙のお守りが粉々に砕けていて真砂のように散った。矢は、自分のまわりに散らばっている。射られなかったということか……それともフロランシアの魂がミュリエルを守ってくれた？

（銀狼さま）

心で呼びかけたが、あのあたたかい獣からの返事はない。

代わりに、

「……く……」

真後ろで、だれかの気配が動く。銀狼？　と期待して振りかえってみたものの、そこにふわふわの獣はいなくて――……代わりに、黒灰色の毛並み……もとい、髪色の、生きもの……詳しく言うならひとの若者が、心臓のあたりを押さえて深い呼吸をしていた。彼は、素っ裸である。

だれ？

と、ミュリエルは頰《ほお》を染めつつ一瞬、考えてしまった。しかしすぐにはっとして気がつき、

「バートさま……！」

呼ばれた若者が目をあげる。

「ベリンダ」

と、呼びかけたが……天国から地獄に突き落とされたくらいにむくれた少女の表情と、混乱していたさまざまな記憶がつながって、戸惑いつつ頭を抱える。

「いや、違うのだった……ベリンダではなくて、身代わりだね。そして私の好きなきみだ……その衣装は？　まるで天井画の王女みたいじゃないか。いったい、ここはどこなんだろう」

そこにいるのは間違いなくバートで、ミュリエルの好きなひとで、そしてやっぱり狼になっていたあいだの記憶はないらしい。深緑の目はどこまでも深く、ずっと奥まで見つめてみても金の光は見つからない。

バートは魂を見とおそうとするような少女の眼差《まなざ》しにたじろいだものの、徐々に大事なことまで思いだしたらしく、

「私は……獣になったはずだ」

不思議そうにミュリエルを見つめる。

「きみが王女ではなかったから。けれど、もはやきみ以外を愛することは考えられなくて、頭《こうべ》を垂れて呪いを受けとめたはずなんだ。なら、ここはバーソロミューの森のなかか？　獣になった私を……まさか、きみが見つけだして呼びもどしてくれたのかい？」

「お話すると、バートさまは怒りますわ」

「なに？」

ミュリエルが、自我を失ったバート自身である狼公爵に抱かれたことにさえ、ずいぶんいきどおっていたのだから……完全に彼を支配していた銀狼と交わったことを教えたら、どんなに怒る——というよりも、落ちこむことだろう。

だけど、ミュリエルは心から嬉しかった。バートが消えていなかったことと、魂や姿かたちを乗っ取られていたとはいえ、銀狼の身体がバートのものだったことが。

粉々になってしまったお守りのあとに手を触れ、言った。

「あなたはしばらく姿も心も狼に変わっていましたが、あなたからいただいたお守りが砕けるのと一緒に、もとに戻ったようです。もしかしたらこの牙にはあなたではなくて、銀狼さまの魂が宿っていたのね」

「さっぱりわからないぞ。どういうことなのか」

なおもミュリエルを問いつめようとするバートに、近づいてきた男が簡潔に説明した。

「呪いを維持するために必要だった呪具が、ミュリエルの行いにより砕けたのではないかな？

たが」

と同時に、銀の狼はフロランシア姫に迎えられて消えたようだった……余にはそのように見え

余、という自称もそうだが、ただものとは思えない威厳ある雰囲気《ふんいき》だ。緋《ひ》のマントと王冠を見たバートは、初対面の男の正体にすぐに気づいた。

「オーク王……陛下で、あらせられるか？」

「いかにも」

うなずいた王のかたわらから執事が滑り出てきて、バートにマントを着せかけた。

「バートさまあ！　ああ、ご無事で！　ご無事でいらっしゃって、ご無事で！」

「見ればわかるだろうが」

相変わらずの過保護ぶりにうんざりしつつも、着るものがあって助かった。ともかくマントを羽織《はお》って居住まいをただし、王を見あげる。若き臣下のぶしつけな視線をオーク王は鷹揚《おうよう》に受けとめ、

「アルバート・バーソロミュー公爵——言いたいことが多々あろうが、まずは余のほうから謝らせてほしい。我が娘ベリンダが悪戯《いたずら》心を起こしてそちに迷惑をかけたそうだ」

「……それは、もはや済んだことです」

相手が王とはいえ、バーソロミューの公爵位になんの執着も持っていないバートであるから、恐縮などしない。ただ、身代わりの少女の正体を確かめないまま愛してしまった責任は、自分のほうにあると思うだけだ。

「こちらこそ、陛下の誠意を無下《むげ》にしてしまうことをお許しください。私はベリンダ王女を愛する前に、ここにいる娘に心を奪われてしまったのです。王女を袖《そで》にして庶民《しょみん》の娘をめとる行為は逆心ありと疑われてもしかたないかもしれませんが、そうではなくて、ただ私はひたすら……この少女が愛しくてなりません」

まっすぐなバートの想い、父王を前にしての告白に、ミュリエルはどきどきして赤くなるばかりだった。

まだ、肝心《かんじん》なことをバートは知らないままで——勘違いをしていると思う。オーク王もそのことには気づいたらしく、おかしみを堪《こら》えるように唇を結びつつ、

「うむ。であれば——……ひとまず、そちとベリンダとの婚約は破棄ということにしなければならぬな」

「面目ありませんが、感謝申しあげます」

「そのうえで、改めて王女を与えることとしよう。今度は義務や誓約によるものではなく、本人たちの意思を尊重したうえでの婚約だから、文句はあるまいな？」

「いや、ですから、陛下。私は……」

王はからかっているのだ。ベリンダが仕掛けたこととはいえ、父親の頭越しに想いを成就《じょうじゅ》されたことへの意趣返しのつもりも、少しはあるのかもしれない。お父様もひとが悪い、とミュリエルは思ったものの、自分のためにうろたえてくれるバートの姿が嬉しいので、まだ口をつぐんでいた。ミュリエルだって充分にひとが悪い。

なにをどう言えば王に伝わるのか、王女などめとらなくて済むのか——バートは蒼ざめたり赤くなったりしつつも、意を決してミュリエルを抱きよせた。たおやかな身をなにがあっても離すまい。彼がただの身代わりだと思いこんでいる少女にぴったりと身を添わせ、はっきりと王に宣言した。

「私は、爵位を捨ててもここにいる娘と結婚いたします！」

「爵位の放棄は認めぬ。アルバート・バーソロミュー公爵よ、余の命令だ——そちの腕のなかにいる我が第三王女ミュリエルと結婚し、末永く大切にせよ！」

「お断りっ…………………は？」

腕のなか？　王が……王どころか、その場にいる全員がにやにやしながらなりゆきを見守っているのは……なぜだ？　恥じらって、バートを見つめる少女。ベリンダ王女に、他人とは思えないくらいそっくりの……そのひとが、遠慮《えんりょ》がちに微笑《ほほえ》む。

「断らないでくださいね？」

「……きみの名前は？」

「ミュリエル・ローズマリー・マリーベル。ベリンダの双子の妹の、オーク王女です」

そしてあなたの花嫁です、と——……みなまで言うより先に、思いあまったバートが衆目《しゅうもく》の前でミュリエルの口を唇で塞《ふさ》いだ。

Les dessert（デザート）　甘ったるい新婚のプディング

ミュリエル・ローズマリー・マリーベル王女と、アルバート・バーソロミュー公爵――……。

二人の結婚を認めるという王のおふれが出た日から、オーク王国内はこの若い二人の噂《うわさ》でもちきりだった。

ただの王族と貴族の結婚ならたいした話題になるものでもないが、ミュリエルは病弱でずっと宮廷を離れていた薄幸の美少女だという――噂だが――の、王女である。

そしてお相手の貴族、バーソロミュー公爵といえば泣く子も黙る呪われた狼公爵だ。

そんな、恐ろしい相手とか弱い王女との結婚を、なぜ王は許したのか？

興味津々《しんしん》のひとびとの好奇心を満たすべく登場したのが事情通たちで、彼ら、彼女らは王の供をした兵の知りあいであったり親戚《しんせき》であったり、はたまた王女が静養していたハニーポット・ヴィルからやってきた蜜蠟《みつろう》の蠟燭売りであったりした。

そして、語ったのだ――二百年前の、王女と銀狼の悲しい恋を。

そこからはじまる呪い、呪いに苦しめられてきた青年公爵と美しい王女の出会いから、純粋な愛情が呪いに打ち勝つまでの冒険譚《たん》は二人の婚約期間として設けられた四十日のあいだに王国内で大評判となった。

そしてその物語の、幸福な結末こそが大聖堂で行われる結婚式とあっては、見逃せるものではない。

結婚式当日は王都どころか国じゅうの民がミュリエル王女とバーソロミュー公爵の結婚を見物……もとい祝福に集まり、後々まで語り継がれる愉快な話題を拾いあつめた。

たとえば、王女を祝福しにやってきたハニーポッド・ヴィルのものたちがとれたての蜜蜂の巣をお祝いにさしだしたのだが、巣から蜜蜂が飛びだして宮廷じゅう大騒ぎになったとか。

その騒ぎをおさめたのもハニーポッド・ヴィル出身の少年で、勇敢《ゆうかん》な振る舞いをみせた彼にベリンダ王女がぞっこんらしいとか。

王女と公爵の結婚の誓いのキスは、大聖堂の歴史上いちばん長く、熱烈であったとか——

……。


婚約期間のあいだ——ミュリエルは宮廷に戻って家族と過ごし、バートはバーソロミューの森の城で花嫁を迎える準備に奔走《ほんそう》した。

一日が一年にも思える日々だったが、執事の猛烈な勧めでダンスを習得しておいたのは、よかったと思う。余興のあとの宴《うたげ》でいちばんはじめに踊らされる羽目になっても戸惑わず、ミュリエルに恥をかかせることもなかったから。

久しぶりにつないだ少女の手は、絹の手袋に包まれていて小さく、まるで砂糖菓子のようにおいしそうだった。バートを見つめて頬を染めても蜂蜜の香りは立ちのぼらず、代わりにほのかに漂った甘い――ミルクのような、優しい香りこそが、彼女のほんとうの肌の匂いなのかもしれない。

はやく、味わいたくてたまらなかった。

＊

「バートさま、バートさま……っ」

ミュリエルは夫の強引さに呆気《あっけ》にとられてしまった。

まだまだ宴は続いているし、祝いを述べにやってくるひとの列も途切れることはない。なのに、バートは招待客の面前で新妻であるミュリエルを抱きあげ、「失礼」とだけ言い残して、広間を出てきてしまったのである。

目指す先はミュリエルの部屋だ――そこに初夜の床も調えられているはずだが、ミュリエルは気がひけて、

「バートさまったら、下ろしてくださいませ。わたしはなんでもないのですわ、ちょっと立ちくらみがしただけ……」

どこぞの大使の長い口上を聞いているうちに貧血になってしまって、バートにもたれかかっただけなのだが、

「ちょっと、だと？　顔色が真っ青で、いまにも死んでしまいそうに見えたぞ。きみは体が弱いのに、私と結ばれる前に死んでしまったらどうするつもりだ！」

もう誓いをたてて結ばれたのです、と教えてあげたくなったが、バートはまだ完全にミュリエルを手に入れた気持ちになれないのだろう。

それはミュリエルもわかるので、下手《へた》に夫をなだめるよりはと、ひとつ不安を解いてあげることにした。

「バートさま。わたし、ちっとも体は弱くありませんわ」

「強がらなくてもいい。宮廷生活に堪《た》えられないほど虚弱だから静養していたのだろう」

「人前に出ることが苦手なあまり病気をしたことはありましたけれど、体そのものは丈夫なんです。ハニーポット・ヴィルで蜜蜂を追いかけまわすあいだに、もっと強くなりましたし」

「……だからといって、無理をしていいわけではないんだ」

話しているあいだにミュリエルの部屋についてしまい、集まってお喋りをしていた侍女たちが慌てて飲みものを運んできたり、長椅子《ながいす》にクッションを並べたりしはじめた――が、バートは彼女らに目もくれず寝室に向かうと、真新しい上掛け――刺繍《ししゅう》は、花嫁が心をこめて施《ほどこ》したものだ――に覆《おお》われた新床に、そっとミュリエルを下ろした。

ここはハニーポット・ヴィルでもバーソロミューの森でもないので、ミュリエルは王女であり主役として着飾らされ、ハニーブロンドは丁寧《ていねい》に編みこんだうえに宝石のピンで彩っているし、ドレスも華やかな最新流行のかたちのものだ。

招待客のだれもが、ミュリエル王女はベリンダ王女と並んでオーク王国一美しい、国家の宝石だと称《たた》えていた……そんな誇らしい妻を、バートは寝台に片膝をついたままじっと眺める。

唇に微笑みを乗せて……まるで、憧れのひとを見つめるように。

深緑の目に自分の姿が映っているだけで、恥ずかしい。ミュリエルはもう彼の妻なのに、眩《まぶ》しいもののように見ていないで。

バートの眼差《まなざ》しに包みこまれているだけで、ミュリエルの肌はだんだんと桜色を帯びてきた……体温があがっても蜂蜜の香りがしないことにはじめに気がついたのはベリンダで、一連の騒ぎのあと再会の喜びのあまり抱きあったとき、匂いがしない、というのである。コリンや父王にも確かめてもらって、ミュリエルは自身から蜂蜜が香る体質が消えてしまったのだと理解した。たぶん……ミュリエルのなかから飛び去ったフロランシア姫の魂こそが、香りの正体だったということなのだろう。

おかげで、宮廷に戻っても以前ほどは衆目《しゅうもく》に怯《おび》えなくなったのだが……匂いがなくなってから、まだバートに抱かれていない。

彼が知っているのは蜂蜜の匂いをまとわせたミュリエルなので、もしもいまの体で物足りなさを感じさせてしまったらどうしよう、と不安だ。まったく、ひとというものはこれで完全、と信じることができない生きものらしい。

「……ごめんなさい」

つい、謝ると、バートが片方の眉《まゆ》をあげた。

「なんの謝罪だ」

「わたし……せっかく心配していただいたのに、弱くなくて。それに、もう蜂蜜の匂いもしないんです」

「丈夫なことを謝るひとがあるか」

バートはほっとしたように微笑んで、ハニーブロンドを撫でた。

「蜂蜜の匂いのことなら、もとからひどく気にしていただろう。消えたのならよかったのではないか？」

「でも、わたしの蜂蜜が大好きだって、あなたが……っ」

微笑みがいつのまにかすぐ近くまで迫っている。バートは優しく目を細め、囁《ささや》いた。

「私はきみのなにもかもが、大好きなんだ」

ちゅ、と……唇に唇が触れただけで、とろけてしまいそう。

ミュリエルは夫の首に腕をまわし、甘えた声で呼んだ。

「バートさまぁ……」

「よし、よし」

バートはミュリエルの背を撫《な》でてくれたが、彼自身のほうがまだ少し不安そうに、

「私もきみに……謝っておいたほうがいいかもしれないな」

「どうなさったの？」

「私もどうやら、もう獣にはならないらしい。残念なことだが――……いや、私自身はほっと

しているんだが、きみは……もしかしたら、もう一度獣に抱かれたかったのじゃないか？」

「……もう！」

ミュリエルは真っ赤になって、平手で夫の胸を叩いた。

「いやです、バートさま、そんなことをおっしゃっては……わたし、あなただと思うから銀狼さまにも抱かれたのです。獣が好きだからではありませんわ」

「……銀狼に抱かれた？」

「……？　ええ」

ミュリエルは当然夫が知っているものだと……だから『獣に抱かれたかった？』と訊いたのだと思ったのだが――バートの想像が及ぶ範囲の獣とは狼公爵のことであって、ほんものの狼になっていたあいだのことではもちろん、ない。

当然――予想はできたとしても……まさか完全な銀狼になっていたものが、ミュリエルを抱いたとは……。

「～～～～～～～～～……！」

平手で、寝台を殴《なぐ》りつけた。ほかに憤《いきどお》りをぶつけられるあてがない。幾枚も重ねられた敷布ごとふわふわ揺れながら、ミュリエルは目をまるくして夫を見る。もしかして、きらわれてしまった……？　と、また不安が訪れたのだが。

……バートとて、だれに原因があったかということは理解している。そもそも自分がはじめから妻となったひとの話に耳を傾け、銀狼に体を譲《ゆず》らなければそんなことは起こらなかったの

だ。だから、

「……、……ちゅ……」

身を伏せて、優しく優しく、ミュリエルにキスした。首の後ろに手をまわしてくる彼女の額にも、眦《まなじり》にも、頬《ほお》にもまんべんなく唇を落とし、ハニーブロンドを撫《な》でながら、髪のピンを抜いていく。

「ん……は…………バートさま……」

妻の髪はきつく編んでしまうより、ふわふわに漂わせておくほうが好きだ。もちろん、ほかの男を魅惑させたりするのは許さないので、自分の手でピンを抜くことを、今後は夫の仕事としようかと思う。

ハニーブロンドを指で梳《す》いて上掛けの上に広げると、髪のなかに手をさし入れて、ドレスの首の後ろの紐《ひも》をほどく。ゆでたまごの殻《から》が剝《む》けるように純白の身頃が肌から離れ、同じ色あいの下着が現れた。あたたかい季節のこと、下着も胸を包みこむ薄い布と腰から下を守る絹だけで、あとは滑らかな素肌が呼吸にあわせて上下する。

「……きれいだよ」

ドレスを足から抜き取りながら囁き、再び体をずりあげて、口づけをしながら妻の指に指を絡めた。丈夫だなどと言いつつ、バートの手にすっかり包みこまれてしまう小さな手は、いかにも頼りない……ほかのだれでもなく自分が守るものだと、バートは強く握りしめる。

「あっ……」

少し、痛かったか？　気弱になって口づけると、妻はつるりとした舌を伸ばして応えてくれた。夢中になって唇を吸いあいながら、どうしても我慢できなくなったのは……はやく、愛しいひとのすべてが見たいということ。

絡めた手を下着の肩紐に持っていくと、ミュリエルがそれに指をかけて、ずらしてみせる。せわしなく上下する胸から、それを覆うレースが少し浮いた。バートはこうなってもまだ自分が獣にならないのが信じられないくらい興奮しながら、ミュリエルの両胸を下着ごと包みこみ、そっと揉む。

「あ……ん……」

ひかえめな吐息。怯えさせないよう、ゆっくりと下着を外していっても妻は抵抗しなかったが、やはり恥ずかしいらしく、両手の指でそっと色づいたところを隠そうとする。

「だめだよ」

手を取り、指にキスをした。ふるん、と揺れる胸と、ほんのわずかに浮きだした桃色の部分に目を奪われてたまらない。ミュリエルは肩をすくめ、

「や……ん、でも、恥ずかしいです……」

「どうして？　きみのなにもかもを、私はもう知っているはずじゃないか？」

「だけど、恥ずかしいの……ん……は……」

指にキスを続けながら、隠しているほうの胸を揉《も》んでやった。柔らかな肌に指が沈み、ほんのり滲《にじ》んだ汗とバートの手のひらの熱が溶けあっていく……最高の、気分だ。

蜂蜜の香りがしないなら、彼女の肌はどんな匂《にお》いだろうか、味は？　舐《な》めてしまうのがもったいないくらいの期待。指だけを吸いながら胸を揉んでいくと、桃色の先端が少しずつすぼみだして、吸ってほしそうに、震えはじめた。

「バートさま、バートさま……ぁ……」

ミュリエルが夫の手に触れたが、バートはそうやすやすと本能に流されてたまるかと、

「……だめだよ、まだ……我慢をして」

舌を、妻の指のつけ根にさし入れる。結婚指輪のまわりをちろちろ舐めると、ミュリエルはもどかしそうに体を震わせ、

「や、ん……ぁ……」

「気持ちがいい？」

「は、い……でも……」

もっといろんなところに触ってほしいし、もっと、もっと気持ちよくなりたい。焦れて苦しそうな妻の表情を見つめながら、指から手首へと舌を這《は》わせていき、腕の内側にちゅっとキスを落とした。

「ふあぁ……！」

「ん……甘いよ。きみの肌はまるで……ロール・ケーキのスポンジかな？」

砂糖の甘味だけではなくて卵のような柔らかな風味や、クリームの滑らかさがあるという意味で言ったのだが、なぜか、妻はくすっと笑う。そんなにおかしなたとえだったかと照れてし

まったバートに、

「いまのこと……狼公爵さまもおっしゃいました」

「なんだって？」

獣が？　喋《しゃべ》れないはずではなかったのか？　思わず身を乗りだしたバートに、おかしそうにくすくす笑いながら、

「まったく、お話ができないときもありましたけれど……夜中ではなくてバートさまが起きていらっしゃるときは、狼公爵さまも少しは喋りましたのよ」

「どんなふうに。きみを愛しているとか？」

「ケーキとか、バターとか、クリームとか。食べたい、とか……」

なんだその食いしん坊は。狼公爵には食欲しかなかったのか。

我がことながら恥ずかしく、あやうく新床からいったん退去したい気持ちにもなりかけたが、たったいま腕のなかにいる妻から身を剝がせるほど素のバートも理性的な男ではない。

お喋りな妻の唇をキスで黙らせておいて、両の手でしっとりとした膨《ふく》らみを揉みしだき、愛らしい乳首が充血していくさまを指先で感じた。

赤くぷっくりした粒にふっと息を吹きかけると、ミュリエルはびくっとして膝を曲げる。バートは唇の隙間《すきま》から舌をちらつかせ、

「舐めてもいい……かな？」

「ぁん……訊かないで……いいのに、決まっています……っ」

合格点の返事だ。バートは舌舐めずりをして唇を近づけ、嚙《か》んでやろうかとまで考えてから、先端をちゅっと吸う。

「んんっ！」

滑らかな肌のなかでも、特に纖細《せんさい》な舌触り。吸えば吸うほどバートの唇のあいだで熟し、熱を帯びて膨《ふく》らんでいく――もっと食べたい衝動を堪《こら》え切れなくなり、バートは妻の胸に指を食いこませて揉みながら、左右の乳首を交互に荒々しく吸った。

「あ、あぁ……うん、ん……はぁ！　ん……」

苦しげにひそめる眉。痛いのか、と反省して舌で転がすと、ますます苦しそうな顔になって横を向いたので、あまり音を立てないように軽く吸ったり、舐めたりするだけにとどめてみる。

「ぁ、ん……バートさま……」

赤ん坊のように夢中で味わってくれる夫が愛しくてたまらず、ミュリエルはバートの髪を撫でた。黒灰色の髪のさらさらした感触は、丁寧《ていねい》にくしけずったあとの銀狼の毛並みの手触りに似ている。いまとなってはあのときさえも、懐かしいような。

……と、妻に口づけするつもりで身をずりあげたバートが、自分が手を離したあとを眺めて、ばつの悪そうな顔をした。

「しまったな……痛かったかい？」

「……なんですの？」

「素敵な胸に、手形をつけてしまった」

強く、揉み過ぎたからだ。透明感のある繊細な肌は少々乱暴に扱っただけですぐに赤く腫れて、あとを残してしまう。もちろん、ミュリエルは痛みよりも……気持ちよかったわけだけれど、それよりも。

堪え切れずに口を覆《おお》って笑いだすと、バートは顔をしかめた。

「今度はなんだ。また、狼公爵か？」

「いいえ、今度は……銀狼さまのほう」

ミュリエル自身が揉みしだいてつけてしまった手形を、あの狼は可愛らしいと褒《ほ》めて、舐めてくれたのだった——と、詳しいことは恥ずかしいので、言いたくなかったが——聞きたくないのは、バートも同じだ。

「あっ、バートさま……んっ——んっ……」

ミュリエルの手首をつかんで笑い声を唇で塞いでやる。舌を喉に押しこむと、苦しそうなうめきが応じた。

「んあ、ふ……ぅ……ん、はぁ、ふ……」

「……私はなにをすれば、きみのはじめてになれるんだ？」

口づけもだめ、褒めてもだめ、肌にあとをつけてもだめなら……バートが妻の清らかな場所に思い出を刻む余地はないのか？

夫に触れてなだめようとするミュリエルの両腕をまとめてつかみ、上掛けに押しつける。獣のほうがお好みならそんなふうにしてやろうと、唇のなかで舌を激しく動かしながら、ミュリエルの肌を手で愛撫《あいぶ》した。さらさらした産毛《うぶげ》と、甘い汗。肋骨《ろっこつ》から下腹へと指を這《は》わせていくと、愛らしい妻はもっともっととねだるように腰を浮かせた。淫乱《いんらん》なひと。

「は……いっそ私が、三つに分かれていたらよかったな」

「ぁ、ん……どうして、そう思うのですか？」

「そうしたら三倍、悦《よろこ》ばせてやれただろうと思うからだ。私の口づけや、舌だけでは物足りないだろう？」

「いいえ、いいえ……どうして……？　あ、膝、くすぐったい……ぁあんっ」

たどりついたミュリエルの膝の裏に指をくぐらせ、骨にそってなぞる。ぞくぞくする感覚に素直な妻は、バートが内、外と手を滑らせていっても抵抗しなかった。

そうやって腿を揺らしてやるたび、レースで覆われた花のあたりから、かすかな水音が聞こえるのに。もっとよく耳を澄ませるために唇へのキスを終え、顔を離す。ぱたん、と外へ倒した片方の膝にあわせるように、もういっぽうの足も開かせてやると、絹一枚に包まれた秘所がバートの目の前にさらけだされた。

「こんな格好……なんだか、恥ずかしい、です……」

「だろうね。せっかくのレースにもう、染《し》みをつくってしまっているもの」

「え……」

「ほら。わかるだろう？」

足を閉じようとしても許さず、バートがそこに手を添えると、布のぬめりが肌に伝わったは

ずだが、ミュリエルは真っ赤になって、

「……わかりませんっ」

「これでも？」

手を、擦るように動かしてやる。ぬめりを絡めたレースが花びらの上を滑り、婚約期間のあいだ放置されてきた花は、水気を得て生き生きと感覚を蘇《よみがえ》らせた。

「ふぁ、ぁ、ぁっ……バートさまの手……あなたの手っ……嬉しい……っ」

「……ミュリエルっ……」

だんだんと染まっていく肌。夫の手を喜ぶ反応。たまらなくなってバートが妻の名を呼び、またも唇を奪うと、ミュリエルは火照《ほて》りきった腕ですがるように抱きついた。

「嬉しい……っ、バートさま——はじめて、です……」

「なにが」

「名前を呼んで、抱いてくださったの……いま、ミュリエル、って」

「あ……」

バートはもちろん自分がだれを選び、結婚したのか自覚があったのだが……それまで彼女を別人だと勘違いしていた経緯があったため、なんとなく気まずい気がしてうまく名前を呼べずにいた。

狼公爵は？　その獣野郎が喋《しゃべ》ったのは食べものの名前だけだったとか。

銀狼は？　巷《ちまた》に広まる冒険譚《たん》によれば、ミュリエルに宿っていた別の王女の魂と溶けあって飛んでいってしまったらしい。

それじゃあ自分――この、アルバート・バーソロミューは？　……いまこのときまで妻の名を呼んであげなかった、大馬鹿野郎だ。

「ミュリエル」

呼びながら口づけると、濡れた舌を出して応えながら、花嫁は花のように笑う。

「はい」

「……私は金輪際《こんりんざい》、きみ以外の女の名を呼ばないぞ。私が一生涯、抱くのはきみだけで、口にするのは一つの名だけだ……ミュリエル。私の妻」

「……はいっ」

泣くほど、喜ばなくてもいいのに……ぽろりとこぼれた妻の涙を吸うと、ほのかに蜂蜜の味がした気がする。名前を呼ぶたびに肌が熱くなっていくのがわかるので、バートはミュリエルと囁《ささや》き続け、口づけをくり返しながら右手をそっと秘所に置いた。柔らかく、花をほぐすように手を揺らすと、花びらが指をくわえたそうになかでひくひく震えている。

そろそろいいだろうか。どれくらい、ほぐせば？　中指で下着をずらし、じかに触ってみる。

驚くほど濡れた花はなんの抵抗もなく、するりとバートの指を呑みこんだ。

「ぁあん……！」

ミュリエルが背中をそらす。

「すごいな……ミュリエルのなか、とんでもなく熱い」

きっと、レース一枚すら息苦しいだろう。気づかって脱がせてやると、繊細な編み目に絡まった蜜が糸を引いた。

バートは、妻のそこを見つめる……どんなに荒らされているだろうと思いきや、ふっくらした紅色の花は端を蜜できらめかせているだけで、きれいに閉じており、生娘《きむすめ》と言われればそうかと信じてしまいそうだ。

いや……生娘ということで、いいのだろう。

ミュリエルが、ひとに抱かれるのははじめてなのだから。

「私の好きな蜂蜜を、舐めてもいいかな？」

「あ……でも、わたしはもう、蜂蜜の香りはしなく、て……」

「だけど、味はしそうだ」

バートが花に顔を近づけ、蜜をぺろっと舐めると、

「やっ……だめ、きっと……違う味だわ……」

「うん、そうだな。ミルクみたいにすべすべした舌触りで、味も……薄めた甘いミルクみたいだ」

「そんなの、おいしいのかわかりませ……んんっ」

バートはとがらせた舌を深く押しこみ、花襞を抉《えぐ》るように舐める。しとどに流れる蜜で喉を潤せば、酒でもないのにくらくらと酔った。

「おいしいんだよ、とても」

「ふぁ、はぁっ」

「もっと飲ませて」

手を上にずらして真っ赤な乳首をつまみ、しぼると、案の定《あんじょう》、また花から蜜がくちゅっと垂れたので、それを舌先にのせて、花びらの上にある花芽に絡めてやった。びくっと妻の体が跳ねたので、ここも特に感じる場所だと再確認する。

「ああん、いやっ」

「くすっ……ミュリエルの体は、まだいじればいじるほど好きな場所が出てきそうだな」

「や、ぁ、ん……バートさまが、触ってくださるところ……みんな、好きになります……」

「舐《な》めたところは？」

花芽を、舌先で弾いてやると、

「ふぅ、んっ！　好き、ぁ、好き……っ」

「吸ったところは？」

包皮を唇でしごき、小さな芽をちゅうっと吸うと、

「好き、あ、ぁ、あああ！」

がくがくと腰を震わせて……バートが添えていた指を咀嚼《そしやく》するように花がびくつく。

軽く、達したのだとわかった。これ以上じらすのはかわいそうだろうか？　ミュリエルは涙目で夫を見つめ、着衣のままの体を恨めしそうに撫でる。

「バートさま、も……裸になってください。わたしばっかりは、いや……」

「ミュリエルが脱がせてみるかい？」

提案すると目をみはったものの、いそいそと起きあがり……どことなく嬉しそうなのは気のせいか、バートの上着を脱がせ、シャツのボタンに指をかける。

のりの効いたボタン穴は硬いらしく、ひとつずつゆっくり外されていくのは、バートのほうがじらされている気分だ。だんだんとあらわになっていく夫の肌にミュリエルが目を輝かせて、指を這《は》わせる。

「バートさまの肌、艶《つや》やかで……きれい」

「ミュリエルのほうがきれいだよ」

と、言いながら、下穿《したば》きの帯をいそいそとほどいてしまう自分は焦りすぎだろうか。

ミュリエルがバートの鎖骨に顔を寄せ、ちゅ、と吸う。くすぐったく、ぞくりとした。

「気持ちいいですか？」

という問いに、

「いや……あまり」

と、素直に答えてしまうと、ミュリエルは不満そうに口をとがらせつつも、バートのシャツを剝ぎながら、口づけしていくのをやめようとしない。

小さな、あたたかい手が下肢にかかった。大きく生地が盛りあがったそこになにがあるのか、彼女は知っている。かたちにそって撫でながら、顔を近づけ、唇を落とす……微かな刺激に反応して、バートは自らのものがますます熱を増すのを感じた。

「あ」

と、ミュリエルがあどけない声で、

「……大きくなりました」

「……頼むから、勘弁《かんべん》してくれ」

と言いながらも、ハニーブロンドを押してそこに近づけてしまうのは鬼畜だろうか。されるがままミュリエルがそこに頬《ほお》をあて、すりすりと動かす。くすっと笑って、

「あたたかいわ」

「脱がせなければ、このままでいってしまうぞ」

格好つかない脅《おど》しを囁くと、ミュリエルはすでにほどけていた帯を不思議に思うでもなく、下穿きのボタンをひとつずつまた不器用に外した。バートがしたように彼自身の下着ごと下穿きを脱がせ……そこに現れたものの猛々《たけだけ》しさに見惚《みと》れる。バートの雄《おす》はかたく、力強く天を向いて、先端に先走りの汗を滲《にじ》ませていた。

もう、だめだと思う。ミュリエルの口内に包まれるのも魅惑的だが、最上のごちそうは空腹のうちに味わってしまいたい。

「ミュリエル」

名を呼んでハニーブロンドを撫で、顔をあげさせると、バートの大真面目《おおまじめ》な眼差《まなざ》しに気づいた妻が恥ずかしそうに身を起こし、夫のしたいように身を委《ゆだ》ねた。

口づけする。大きな手にちょうどおさまるかたちのいい胸を揉みながら、腰を引き寄せた。

どんなふうにして交わろうか？　バートはミュリエルの腿《もも》をそっと撫《な》ぜ、いっぽうの足首をとって彼自身の肩にかけた。そうして身を乗りだすと赤い花がぱっくりと口を開いているさまがよく見えるようになり、ミュリエルにも夫がなにを見つめているのがわかるらしく、

「やだ……恥ずかしい……」

「恥ずかしくないよ。ちゃんと見て――ほら、いま、私のものがミュリエルのなかに入るからね」

「あ……」

体を丸くしたミュリエルにもちゃんと、自らの花と、それに入りこもうとしている雄の象徴が見えた。恥ずかしいのに……焦れて、待つ。バートの先端が、花びらをくぐった。また圧迫感はなくて、だけど満たされた心持ちがする。バートがミュリエルのお尻をつかみながら、自らの腰を進めると、太いものがずぶずぶとなかに入りこんでいき、

「あ、あ、い、あっ……入って……ぃ」

「痛い？」

「い……熱い、の……それに、大きくて……っ……かたくて……ぁん、深い、とこ……届いて、……ぁ！」

一気に突き進んでしまったバートの若さを、だれが責められようか。すぐに我に返って引き抜くと、一突きで蜜まみれになった雄は赤黒くてらてらと光っていた。再び押し入れる……抵抗が少なくなった代わりに、なかの襞がざわざわ動くさまが伝わってくる。ミュリエルの淫穴

は雄を感じると無意識にきゅっと力が入り、欲棒を締めあげるから、そのせいでますます動かしたくてたまらなくなるのだ。

もう、余裕なんてない。バートはミュリエルの足首をつかんで高く掲げさせ、腰を叩きつけた。

「ミュリエル、ミュリエル……ぁ、ミュリエル……っ」

「バートさま、あ！　奥、届いて……気持ち、いい……ぁ！　あ……でも、あんまり、激しくするのは……あぁん！」

「だめかい？　気持ちよくない？」

「いいです、とても、とても……あん、でも、やりすぎはいけないって、お母さまや、お姉さまがおっしゃるから……ああっ」

「なぜ。私たちのやり方なのだから、好きにしてもいいだろう？」

「でも、あの、あ、あ、ぁあ……！」

上掛けを強く握りしめるミュリエルは確かに感じていて、桃色に上気した肌からはパウンドケーキのような香りが漂い、バート自身も申し分なく心地よかったのでこのまま最後までいってしまいたかったが――……彼女の話を聞くことなく後悔した記憶が生々しく蘇《よみがえ》る。あれで、バートはミュリエルも、自分自身さえも失うところだったのだから――二度と同じ轍《てつ》は踏むまい。

ミュリエルの脇から手をさし入れ、すくいあげるようにして膝に抱きあげた。肌が密着し、

顔が近くなる。余裕をみせろ、俺。腰を上下に揺する動きはやめないまま、妻に囁《ささや》いた。

「でも、なに？　言いたいことがあるなら、言ってごらん」

「でも、ぁ、ぁあ……もう、気持ちい、から……バートさまが、してくださりたいように、しても……んっ……」

「あなたは私の奴隷《どれい》じゃないんだ。対等な、夫婦として、自由に言いたいことは言うようにしよう――で？」

あまりにもったいぶるので、よほど深刻な話かと心配になってしまうし……ミュリエルも、バートのものに翻弄《ほんろう》されながらどう切りだそうか迷っている様子だ。

ずいぶん迷いつつ、こっそりと言いだしたのは、

「あの……ですね」

「ああ」

「月のものが……来ていなくて……ぁ……」

「月のもの？」

「あの……です。それで、お医者さまが……んっ」

「医者っ？」

「はい、あの、侍医《じい》が……ぁ……もしかしたら、おめでたかもしれない、って……」

「おめでたか。それなら、めでたい……」

めでたいことならよかったではないか、と結論づけそうになり……月のもの？　おめでた？

書物でしか知らない知識を総動員してようやく意味を理解したバートは、ミュリエルの腕をつかんで叫んだ。

「おめでただとっ？　だれが！」

「わたしです」

自分からの告白は済ませたため、ミュリエルはきょとんとしていた。彼女の無邪気さを恨めしく思いながら、バートは恐ろしいことを訊ねる……無論、浮気などを疑ったわけではない、が！

「……だれ、の」

「バートさまの」

ミュリエルはあっけらかんと、嬉しそうに答えた。そうか、私のか……心からほっとしたバートの笑顔に恥じらってみせながら、

「狼公爵さまか、銀狼さまのときの子かもしれませんけれど、ともかく間違いなくバートさまの御子です。わたし、とっても嬉しくて……初夜の前にお知らせするつもりだったんですけれど、あなたの腕のなかで夢みたいだったから、つい言いそびれてしまいました」

幸せそうに手のひらで押さえる下腹は、まるで輝いているようだったが……しかし！

（狼公爵の子だと？　銀狼の子だと？　どちらもこれまでさんざん私を悩ませてきた呪いの象徴ではないか。そのようなやつらの子など……子など！）

愛せない？　可愛《かわい》くない？　……わけがない。父親となるものの魂がなんであれ肉体はバー

トのものだったのだし……なによりも、愛する妻が生んでくれる子なのだから。

「結婚式が終わったらバーソロミューの森に帰って、執事さんや召使のみなさんにもお伝えしましょうね。きっと、大喜びしてくださるわ」

「うん、間違いなく、執事などは涙を流して喜ぶだろうな。きっと城どころかハニーポット・ヴィルまで巻き込んでのお祭り騒ぎになるぞ」

「楽しみね。だから、いましばらくは……そっとしましょう、ね？　続きを、バートさま……愛しいあなた？」

いまだ萎《な》えないバートとしっかりつながっているミュリエルが、柔らかな腕をバートの首筋に絡め、小首をかしげておねだりする。バートはそのなかで息づく命ごと新妻の腰を抱き、熱く潤った襞《ひだ》を自制心もって貫きながら、少しばかり疼《うず》く心に言い聞かせた。

大人になれ、バート。おまえは呪いに打ち勝ったバーソロミューの森の主なのだろう？　狼公爵やら銀狼やらに嫉妬《しっと》するのはやめろ。ミュリエルは、私の妻なのだから……彼女がだれの子を生むのであろうと幸せにできるのは私だけだ！

「ああっ、バートさま、気持ち、いい……わたし、幸せです、とっても、とっても……」

「私もだよ、ミュリエル。私も——幸せだとも、これ以上なく」

だから。もう、どうにでもなれ。

あとがき

こんにちは！　お元気ですか？　しらせはるです。

このたびシフォン文庫ではじめて本を出すことができました。嬉しいです！

『蜂蜜姫と狼公爵の甘い晩餐』、お楽しみいただけましたでしょうか。内容は、いつもほんのり不幸な呪われた公爵、バート君がいかにして幸福を手に入れたかというお話です。

ヒロイン、ミュリエルちゃんは呪われてはいないものの内気で人見知りなので、言わなきゃならないことをなかなか上手に言えません。バート君はそんな彼女を思いやっているつもりで早とちりするので呪いを爆発させてしまいます。過ちは若さの特権ですね。

なにしろ出会いの大前提からして間違ってしまった二人ですから、反発して喧嘩《けんか》……にはならないものの（お互いに大好きだからね！）もつれてこんがらかって谷底に転落してしまうわけです。

とりあえず、体が丈夫なヒロイン万歳《ばんざい》！　です。ついでに獣万歳（笑）。

作者も、かつて上司の家でゴールデンレトリバーのチャッピー君に襲われた経験をようやく生かせて感無量です……めちゃめちゃ怖かったからね！

お礼をたくさん。

イラストのユカさま。エロい！　可愛《かわい》い！　きれい！　の三拍子！　おいしそうで柔らかそうな女の子は狼公爵ならずとも食べたくなります。携帯配信されているマンガもすっごく面白いので、みなさまぜひ読まなくてはっ（自主宣伝！）。

担当Oさま。飴《あめ》と鞭《むち》の使い分けテクニックは天下一品。すっかり調教された作者はもうメロメロです。二年間お世話になりました。

ヒロインの名前を何回教えても「ムニエルちゃん」と呼ぶ還暦《かんれき》過ぎの母（ちなみに姉姫のことは「ベランダちゃん」……）、そんな母に娘の書いた官能小説を読み聞かせる父、いつでも励《はげ》まし、的確なアドバイスを与えてくれる作家仲間やお友だち、大先輩の先生、家族とまめたくん。ほんとに、ほんとにありがとうございます！


そしてなによりだれより、この本を手にとってくださったあなたが大好きです！

ありがとうございます。あなたに楽しんでいただきたいと願って書きました。

これからの幸せも心から祈ります。どうか、またお会いできるときまでお元気で！

二〇一二年七月　気がつけば物書きはじめて十周年♪　しらせはる拝

※この作品はフィクションです。実在の人物・団体・事件などにはいっさい関係ありません。

シフォン文庫をお買い上げいただき、ありがとうございます。
ご意見・ご感想をお待ちしております。

◆――あて先――◆
〒101-8050　東京都千代田区一ツ橋2-5-10
集英社 シフォン文庫編集部 気付
しらせはる先生／ユカ先生

蜂蜜姫と狼公爵の甘い晩餐

2012年8月 8 日　第 1 刷発行
2012年8月28日　第 2 刷発行

シフォン文庫

著　者　しらせはる

発行者　太田富雄

発行所　株式会社集英社
〒101-8050東京都千代田区一ツ橋2-5-10
電話 03-3230-6355（編集部）
03-3230-6393（販売部）
03-3230-6080（読者係）

印刷所　株式会社美松堂／中央精版印刷株式会社

※定価はカバーに表示してあります

ISBN 978-4-08-670007-8 C0193